Duktiga flickor
Rusar på raska fötter
Och pigga ben

Duktiga flickor
Går med ivrig blick
Och vässad tanke

Duktiga flickor
Jonglerar med hundra bollar
På slak lina

Duktiga flickor
Tappar balansen
Benen viker sig

Duktiga flickor
Ligger med slocknad blick
Och trög tanke

Duktiga flickor
Måste lära sig nya ord
Nej, nej och nej

1

1

Maria var en sådan som lämnade rummet medan hon fortfarande pratade. En sådan som gick lite för fort. En som gjorde tre saker och tänkte på fem andra. Samtidigt. Hon hade alltid lite för ostädat, var alltid lite för otränad och borde alltid vara lite snyggare i håret. Alltid på väg. Hon var en sådan som hade svårt att sitta stilla.

Men hur mycket hon än skyndade framåt så var hon mycket trött. Hon borde inte känna sig så trött. Tröttheten var hennes eviga skugga som bromsade ivriga tankar och tvingade ner henne i soffor under filtar. Hon borde inte ha låtit det hända. Hon hade helt saknat förmågan att säga nej. När hela livet är ett ja går det alldeles för fort. Nödbromsen hade inte tvärnitat, så där som hon läst att den ska göra. Den hade bromsat och gnisslat hjärtskärande högt en mycket lång tid. Många år, kanske ett liv. Hon hade inte förstått vad det var som lät. Kanske ville hon inte förstå, trots att hon låg i tystnad och mörker med huvudvärken dånande mot tinningen helg efter helg. Trots att hjärtat tryckte så hårt i bröstet. Trots att axlarna var så stela att sjukgymnasten inte kunde massera dem. Om hon bara ryckte upp sig och slutade gråta i soffan med huvudet bortvänt från barnen. Mamma är trött, mamma orkar inte.

2

Maria vandrade tillbaka i tankarna, snuddade vid minnen, undvek några. Hon stannade vid en dag i augusti då hon kände i hela kroppen att ljuset hade bleknat. Sommarljuset försvann alltid utan förvarning, en dag var det bara borta. Varje gång sörjde varenda fiber i henne. Hon var ett sommarbarn, hon var ljusets och frihetens barn. Varje år var hon gråtfärdig av lycka när sommarlovet kom. Det hade hon aldrig växt ifrån, eftersom hennes yrke, hennes lärarliv, lystes upp av denna evighetslånga semester. Men nu var den alltså obönhörligen slut igen. Solen hade sagt sitt. Arbete och plikt knackade på, dagarna bleknade och nätterna krävde åter sin tid. Så hon tog fram jobbväskan som stått gömd hela sommaren längst inne i garderoben fortfarande full av viktiga papper, pennor och i värsta fall ett bortglömt päron. Alarmet ställdes ohyggligt tidigt för den som älskar långa sovmorgnar. Lämpliga kläder lades fram. Sminket, som nästan torkat, plockades fram för att måla på yrkesansiktet varje morgon. Motvilligt lästa hon brevet från jobbet med schema över den första arbetsveckan. Hela nervsystemet vaknade i protest. Sömnen blev sen och fladdrig. I drömmarna körde hon bilar utan bromsar på livsfarliga vägar och vaknade genomsvettig med hjärtklappning. Men den första arbetsdagen kom i alla fall, utan nåd. Det var dags att stänga in sig igen bakom de stora glaspartierna och de rosa tegelväggarna.

Ute ropade sommaren att den fortfarande lyste och värmde. Inne i skolbyggnaden lutade sig solbrända lärare åter över sina skrivbord, startade sina datorer och försökte få den ständigt trasiga kopiatorn att fungera. Kartonger med nya läromedel packades upp. En gång hade det inspirerat henne, nu var det bara mer jobb att sätta sig in i. Ett oändligt otacksamt jobb som aldrig blev färdigt. Ett jobb som ofta möttes av skeptiska miner. Lärare på högstadiet? Var hon vid sina sinnes fulla bruk som tyckte om de där brötiga gapiga bråkiga tonåringarna? Det gjorde hon. Det fanns en unik dynamik på högstadieskolor. Tonårstrots, frihetstörst, hormoner och tillit. Det hände faktiskt att hon möttes med respekt för sitt yrke och sin kunskap, trots att läraryrket degraderats i allmänhetens ögon och blivit något att skylla sina egna misslyckanden på. Hon blev alltid obekväm och förvånad, för hon kunde ju ingenting särskilt. Det var bara på låtsas och snart skulle bluffen avslöjas. Hon var inte mycket värd i sina egna trötta ögon.

3

Några dagar efter sommarlovet satt hon på ett
möte i det ovala rummet vid det ovala bordet.
Rummet sakande fönster mot världen. Det talades
allvarlig om allvarliga saker. Ledigheten var långt
borta. Hela Marias kropp protesterade. Rummet
flimrade och krympte, illamåendet steg, huvudet
snurrade och kallsvetten sköljde över henne.
Ansiktsfärgen skiftade till gröngrått. Men hon satt
kvar. Det skulle nog gå över snart. Hon mådde ju
bra. Hon var ju utvilad. Egentligen.

-Hur mår du? undrade chefen som satt mitt emot.

-Inte så bra, erkände hon då. Hon leddes ut ur
rummet. Skolsköterskan lade henne på en liten
soffa med fötterna högt så att hjärnan skulle få
syre. Hon såg strängt på Maria och förbjöd henne
att resa sig. Så hon låg kvar och kände sig yr och
fånig. Hade hon nästan svimmat? Av att sitta på
ett möte? Den gången drog hela kroppen hårt i
nödbromsen, Men hon lyssnade inte.

*

Höstterminen gled in i sitt vanliga töcken. Lager
på lager av spända muskler svepte in hennes
kropp och själ. Någonstans där innanför fanns

6

hon, men hon nådde inte fram och mindes inte vem hon var. Tankarna flöt som sirap i huvudet, mycket trögt och långsamt. Hon förstod inte vad människor sa. Hon förstod inte vad hon läste. Böckerna, hennes bästa vänner, slöt sina ryggar och blev ogenomträngliga. De hade så många sidor, de var så fulla av ord. De låg olästa och tysta, utan glädje.

*

I bilen stängde hon ilsket av radion. Den lät. Pratade och spelade musik. Det värkte i huvudet av den. Öronen skrek efter tystnad. Ibland ringde hennes människor och ville prata. Byta några ord och minuter. Suckande såg hon på displayen och tryckte bort samtalet. Varför kunde inte världen bara hålla tyst? Släcka ljuset och låta henne vara ifred. Det plingade uppfodrande i mobilen. Hon fick hjärtklappning av ljudet. Det var säkert någon som ville något. Krävde något av henne. Ville att hon skulle tänka, svara på en fråga, planera något, träffas. Ofta lät hon bli att svara så länge hon kunde. Ibland släpade hon sig i väg och försökte umgås en stund. Det skulle tydligen vara bra, göra en gott. Få en att hitta livslusten igen. Maria ville bara gå hem.

4

Maria sitter i bilen och är på väg någonstans, men hon vet inte vart. Kanske skulle hon till Ica, eller var det musikskolan? Hon kommer alltid ihåg till slut. Hon kommer alltid fram till slut. Ingen vet att hon glömmer. Hon är bra på att gömma. Le och vinka. Aldrig visa sig svag. Och för Guds skull, lyssna inte på rösterna i huvudet som skriker så högt att det borde höras ut. Men det gör de inte. De hörs inte och hon lyssnar inte.

Sedan börjar hon glömma vad det är för dag. Hon glömmer människornas namn. Hon glömmer orden, tänker ett ord, men säger ett annat. Om orden alls vill komma fram. Ofta tiger de och vägrar avslöja vad de heter. Då pratar hon runt dem, gömmer dem i dimslöjor och skäms. För det blir svårt att undervisa när man glömmer vad man pratar om. Eleverna blir så förvirrade då.

Det där med orden är en sorg. Orden har alltid varit hennes vänner. Hennes kraft och tröst. Ibland det enda som hållit henne vid liv. Hur ska hon nu leva? Ska hon leva? Mörkret dånar omkring henne. I djupen sjunger sirenerna, lockar och lovar henne ro. De sjunger mycket vackert. Tröstande vaggvisor som överröstar mörkret. De borde skrämma henne, men de sjunger så vackert om vila. Det enda hon vill är att vila. Då binder hon sig likt Odysseus vid masten, håller hårt för öronen. Båten är bräcklig och stormen hård, men masten knäcks inte.

"I stormens öga finns det ro" upprepar hon tyst för sig själv som ett mantra. Ibland tror hon till och med att det är sant.

Hon håller andan och tejpar själen med silvertejp för att hålla ihop, men silvertejp fäster dåligt på själar. Genom sprickorna sipprar ångesten ut. Hon tejpar om och om igen. Det regnar in. Snöblandat regn från sidan. Själen huttrar, men hon fortsätter.

5

I september krockade samlaren med den utmattade läraren. Äppelträdet ropade att det var dags för skörd. Läraren protesterade, men samlaren var en flitig arbetsmyra som såg till att läraren tog på sig stövlarna och plockade kasse efter kasse med äpplen. Några ställdes svalt, men de flesta skulle tas om hand genast. Så där stod Maria vid spisen och kokade äppelmos, bakade äppelpaj, fyllde påsar med klyftor för förvaring i frysen. För den som finner glädje i jorden och köket är september hektisk. För den som inte orkar känna glädje blir det ännu en värk i axlarna och en dimma i blicken. Man kan naturligtvis strunta i alltihop, inte ägna det en tanke, men sådan var hon inte. Skördandet, syltandet och saftandet satt så djupt i hennes årsrytm och vanor att det hade varit som att gå i sandaler på vintern om hon lät bli. Kanske var det också så att en del intressen är så starka och viktiga för människan att de inte låter sig tystas. De säger ihärdigt att vi inte är vår yrkesroll, vi kan och vill mer.

Oktober tog september i handen och förde henne in i ett gulnande landskap med mustiga dofter och fuktig mark. Lärarjobbet fortsatte vecka efter vecka i samma vansinniga tempo. Helgerna tillbringades blick stilla i ett mörkt rum. Om hon

10

så mycket som rörde på sig eller försökte säga
något sprängdes huvudet i bitar och illamåendet
sköljde över henne med sina kallsvettiga vågor.
Framåt söndag kväll stapplade hon ut från sitt
rum och blinkade yrvaket mot sin familj som
hade ägnat helgen åt att tassa runt henne och
hjälpa henne att härda ut. Hon log tappert mot
dem och sa likadant som förra söndagen, att nu
var allt bra. Nu mådde hon bra. När natten kom
försvann alla löften om sömn. Kroppen var åter i
startposition inför en ny arbetsvecka. Om sömnen
ändå till slut omslöt henne med sin frid var det
bara ett par timmar kvar innan alarmet skrek att
det var dags för ännu en vecka i grottekvarnen.

Den malde ner henne. Alldeles borttappad
vandrade hon hålögd i skolans korridorer med
kaffe som bränsle. Allt var viktigast, inget kunde
prioriteras bort. Mörkret tätnade och sikten
skymdes. Känslan att vara bortdomnad och
bortkopplad följde henne. En aldrig sinande ström
av läxförhör, samtal, mejl, möten och försvunna
pennor virvlade runt henne. Hon knackade på
arbetsrum och möttes av trötta blickar och
stressade rörelser. Hon försökte lugna, skratta och
bry sig om alla de andra, för då syntes inte hon.
Vilken fasa om någon skulle komma för nära! Då
skulle hon rämna. Muren runt känslorna var tjock.
Inget trängde igenom. Hon hade till och med
slutat gråta på begravningar. Inte för att hon var

känslokall, utan för att hon hade glömt hur man gjorde när man släppte fram sig själv.

6

Vid den stora sjön är det alldeles grått. En ogenomtränglig dimma har bäddat in hela sjön och alla dess öar i ett tjockt täcke. Under täcket är det stilla. Järngrått vatten i väntan på is. Våta stenar och tystnad. Som om vemodet hade en alldeles egen väderlek. Hon står vid kanten av sjön, ser den inte men vet att den finns där. Låter tankarna tystna. Andas in den råkalla luften. Frisk och med en obändig styrka som klarar vinterns stormar. För de kommer, stormarna. Både hon och sjön vet det. De står i samförstånd en stund och låter sig finnas till.

Sedan åker hon hem. Till disk och tvätt och damm. Till barn som har läxor och otvättade gympakläder. Hon väljer att blunda för det som är oviktigt. Försöker hitta kraft att se barnen. Vad är hon för en mor som har jobbat sig bortom vett och sans? En sommar sa hon till det minsta barnet att det gör vi sedan, till hösten. Då såg det lilla barnet på henne och sa:

- Då kommer du inte att orka, mamma.

*

Efter hundra bedjande samtal från maken ringde hon till slut vårdcentralen och berättade om sin

13

huvudvärk. Kanske var det något fysiskt fel? Någon hemsk sjukdom? Behövde hon medicin mot migrän? Sköterskan i telefonen frågade om sömn. Ovillig erkände hon att hon sov mycket dåligt. Sköterskan frågade om stress. Jo, det var stressigt just nu. Sköterskan frågade om hon var på jobbet. Vilken konstig fråga. Var skulle hon annars vara? Maria bokade en tid som inte krockade med möten och lektioner. Läkarbesöket skulle bara ta en liten stund, sedan skulle hon vara tillbaka på jobbet igen, lovade hon.

Hon satt i vårdcentralens väntrum. Det var en mörk novemberdag, dagsljuset lyste med sin frånvaro. Stolarna stod i en u-form som tvingade patienterna att se varandra där de satt och gjorde sig osynliga. De tittade i mobilen, bläddrade i en tidning. Försökte dölja vilken åkomma de led av. En efter en ropades de in i läkarnas korridor. Till slut blev det hennes tur. Hon visades in i rummet där den spanske läkaren med de långa ögonfransarna satt. Hon förklarade lugnt och stilla hur hon mådde. Berättade om tröttheten och huvudvärken.

-När har du jullov? frågade läkaren och såg allvarligt på henne.

- Tjugoandra december, hurså?

- Vill du att jag sjukskriver dig till dess?

14

- Vad? Nej, det går inte, sa hon förvånat och nästan förnärmat. Sjukskriva sig? Det hade hon inte tid med. Hon måste ju genomföra muntliga nationella prov i både svenska och engelska, sätta betyg, skriva omdömen, gå på möten. Nej, någon sjukskrivning hade hon verkligen inte tid med.

Läkaren lät henne bestämma. Föreslog att hon skulle gå ut med sina vänner och ta ett glas vin. Det tänkte hon inte göra. Det orkade hon inte. Hon gick därifrån med vetskapen att hennes huvudvärk inte hade några fysiska orsaker. Då så, då var det bara att fortsätta som vanligt. Djupt inne i henne böjdes hennes själ i vanmakt.

7

Novemberdimman övergick i advent.
Minusgraderna kopplade sitt grepp om världen.
Den blå skymningen sänkte sig över frusen by.
Människorna pyntade den med ljusslingor och
granar. De hängde upp kransar och skottade bort
två centimeter snö. Marias ljusslinga var trasig.
Tanken på att skaffa en ny var övermäktig. Den
gav henne hjärtklappning och gråt i halsen.
Springa runt i affärer med människor och ljud
överallt. Möta någon hon kände och gömma sig
bakom en hylla. Inte orka prata. Till slut låg det
en slinga i affären och lovade att lysa upp hennes
mörker. Hon la den i kundvagnen och betalade.
Men den lyste inte. Fel sort, fel kontakt, fel, fel,
fel. Hon la sig i soffan och grät tyst. Hur skulle
det se ut om inte hennes trädgård också lyste?
Alla andras gjorde ju det. Var skulle hon hitta ork
att köpa en ny? Julen vrålade i bakgrunden. Hon
stängde öronen och kröp in i sitt mörker och den
vemodigt mörkblå skymningen.

Maria satt i sin lilla bil på väg hem.
Decembermörkret var snöfritt och kompakt. Våt
asfalt slukade allt ljus. Snart var det jul igen.
Granen var inte klädd, inte ens köpt. Julmaten
och julbaket hade tappat all lust och gav
hjärtklappning. Hon mådde illa. Tankarna var

svarta som asfalten. Trycket över bröstet nästan
outhärdligt. Sängen var hennes sista utpost. Hon
klamrade sig fast i den, låg där i mörkret under
täcket och ville absolut ingenting. Vägde på
gränsen till sammanbrott. Så nära att det fyllde
hela sovrummet. Hon orkade andas, men det var
allt. Flera timmar låg hon där och lät mörkret
välla in. Men sammanbrottet hejdade sig till sist,
demonerna lät sig tystas en stund. Utanför
fönstret var kvällen mörk, men inte svart. Hennes
fötter på det svala sovrumsgolvet. Med tunga steg
reste hon sig och gick därifrån.

8

Hon som alltid älskat julen. Förväntningarna,
julklapparna. Nu ställde hon in pyssel, bakade för
att hon inte visste hur man gjorde när man lät bli.
Hon ville tindra och trivas. Preteritum. I presens
ville hon ställa in alltihop. Hon sörjde julglädjen
som berövats henne. Jo, visst köpte hon
julklappar efter att ha räknat ut när det var nästan
folktomt i butikerna i hennes lilla stad. Då hasade
hon från butik till butik. Glömde helt bort vad
hon köpt och hasade ett varv till för att inte ha
missat något. Körde i panik till närmaste
bensinstation på julaftons förmiddag och köpte
ännu mer. För hon hade säkert glömt någon.
Orkade inte slå in alla klappar. Satt med hysterin
och gråten bredvid sig och slog in paket till långt
efter midnatt kvällen den tjugotredje. Allt för att
alla andra skulle vara lyckliga. Att hon själv
skulle vara lycklig var en tanke som aldrig hade
slagit henne.

Det är årets mörkaste dagar. Världen fryser.
Katten vänder i dörren. Ligger utsträckt i soffan,
sover, sträcker lojt på sig och somnar om. Maria
ramlar över tröskeln till ledigheten. Proven är
rättade, betygen är satta, julsångerna sjungna.
Hon rusar ett tag till. Kokar knäck, griljerar
skinka, stryker juldukar. Så småningom kommer

jularna att skalas av sina måsten. En dag kanske hon äger dem igen. För ingen ställer alla krav på henne. Barnen bryr sig inte om dammiga hörn. Maen bryr sig inte om sju sorters kakor. De önskar sig en mor och en maka som ler med ögonen. Som ser dem. Det önskar de sig. De är så trötta på att oroa sig för henne. På att försöka få henne att lyssna och förstå att hennes bästa är att stanna upp, hennes enda val är att stanna upp. Det gör ont i dem när de ser henne vissna, ser hennes leende försvinna, hennes ögon slockna. Men hennes öron är döva. De hör bara rösten i huvudet som säger att alla måsten är sanna. Den rösten ljuger.

Det blev jul igen, som det alltid blir. Den tjugofjärde december kommer till slut. Till den som längtat så att barnasjälen är alldeles skrynklig och till den som stressat så att mammasjälen är alldeles urvriden. Den blir god, för där finns samvaro och värme. Dofterna och smakerna som får minnet att jubla. Paketen under granen hamnade där till slut. En dag ska mamman förstå att det inte behöver vara ett helt berg. Men än är det långt dit. När juldagen gryr är hon mycket trött och någonstans inuti finns en gnutta julefrid. Ett irrbloss i decembermörkret. Dagar där gryning kysser skymning. De flyter ihop till ett mjukt täcke av vila. Regnet faller och hon låter tiden stå stilla.

*

Dagarna innan nyårsafton ringer hennes mamma. Hon undrar om hon får komma och fira nyår hos sin dotter. Dottern säger nej. Hon orkar inte träffa en enda människa till. Inte ens sin egen mamma. Så mamma får fira nyår ensam. Dottern orkar inte ens ha dåligt samvete. Men efteråt är det sorgligt att minnas att hon valde bort sina viktiga och sålde sin själ till skolan. Sorgligt att hon valde bort sig själv medan jobbet glupskt tuggade i sig alla hennes ja tills det bara var smulor kvar. Med sitt trollspö räddade hon somliga, för andra var det redan för sent. Priset var att hennes barn fick en mamma som stängde dörren om sig och sa åt dem att inte störa. Att hennes man fick en fru som förlorade sig själv. Att hon tackade nej när hennes familj och vänner villa träffas. Att hon inte svarade när de ringde. Att hon förlorade sitt leende och lusten att leva. Till detta räckte trollspöet inte till.

Marias människor var så tålmodiga. Förstod
mycket mer än hon själv. Hennes hjärna var trög
som riktigt kall sirap. Den förstod nästan
ingenting. Maken försökte nå in. Några av hans
ord nådde igenom hennes mur. Sakta sjönk de in i
hennes långsamma medvetande. Det gick lättare
under de välsignade dagarna när ledigheten låter
en glömma tiden. Kanske är det trettondagen,
kanske är det en helt vanlig tisdag. Ett vilsamt
töcken av stearinljus och choklad. Det blev ett
första vägskäl. När vardagen brakade loss på nytt
pratade hon med de där kloka människorna hon
fått i gåva att arbeta med. De lyssnade
uppmärksamt och varsamt. Förstod att förändring
var det enda valet. Tillsammans förändrade de
vad de kunde. Avlastade och vakade över henne.
Hon tackade sin lyckliga stjärna för att hon fick
omge sig med sådan omtanke.

Hennes segel fladdrade oroligt i vinden, minsta
bris blåste upp dem till storm. Hennes fyra
livlinor hindrade henne från att komma vilse.
Familjen var hennes ankare i tillvaron. Ingen av
dem hade hennes otrygga själ. De var alla stadigt
förankrade i sig själva. Hade inget att bevisa,
påverkades inte av vinden som blåste kappor i
alla riktningar. De höll fast den fladdriga

mamman och frun, bromsade in henne. Sa till henne att sätta sig ner, att ta det lugnt, att inte ha så bråttom. Då mojnade vinden för en stund.

10

Maria lutade sig tillbaka och letade efter lycka.
Den fanns. Hade funnits. Stora och euforiska
stunder som lyste upp allt för alltid. Det första blå
plustecknet hade vält hela hennes värld. Förpassat
resten av hennes liv till ett futtigt före. Det här var
magi och en skrämmande stark kärlek. Alldeles
omtumlad hade hon stirrat på plustecknet medan
hjärnan mycket långsamt förstod vad det betydde.
Sedan började hon skaka och skratta och gråta.
Antagligen skrek hon också. Testet låg som en
dyrbar skatt gömd i badrumsskåpet länge efteråt.
Till slut bleknat tecknet, men magen växte. Det
var alltså sant. Hon var utvald. Hon kände barnet
röra sig där inne. Först som en liten, liten
fiskstjärt, sedan som bubblande gröt och till slut
en varelse som sparkade, boxade, vred och vände.
Hon smekte barnet, talade med det och sjöng för
det. Lärde sig dess vanor där inne i magen. När
det brukade sova och när det var som livligast.
Magen var en bubbla av lycka och till hennes
ofattbara glädje fick hon bära den.

Han var så liten och ynklig, deras förstfödde son.
Alla kläder var för stora. Hans små, små ben var
smala som Marias tummar. Den nyblivna modern
var helt övertygad om att hon skulle råka bryta av

dem. Det var inte möjligt att någon så liten inte gick sönder.

Hon våndades över förändringen. När barnet föddes så föddes också en mor. En förändring för stor att omfamna och smälta. Oåterkallelig. Det tog tolv dagar att förstå. På den tolfte dagen låg barnet på skötbordet i det blå rummet med de blommiga tapeterna. Kanske var det natt, men julis nätter är så ljusa. Barnet såg på sin mor med de stora outgrundliga ögonen hos en nyfödd människa. En blick som kommer från en okänd plats. Klok och begrundande. Modern såg in i sitt barns ögon och från den stunden älskade hon honom till den yttersta stjärnan och tillbaka.

Han gick inte sönder. Dagar lades till dagar och han växte upp precis som barn ska. Familjen växte. Nya magar och nya små människor föddes. En dotter och en son. Livets ofattbara välsignelse. Ett livslångt uppdrag. Det viktigaste uppdraget av alla. Men i den virvlande strömmen av dagishämtningar, VAB-dagar, läsläxor och försvunna skridskor glömmer vi ibland att stanna upp och andas in lyckan. När arbetsdagarna påstår att de är mycket viktigare tror vi på dem. Ber barnen vara tysta för mamma måste faktiskt jobba. Vi säger inte åt jobbet att tystna, för vi måste faktiskt vara föräldrar.

Maria lät jobbet skrika på högsta volym medan
barnen fick vänta på sin tur. Sin tur att få en
mamma som orkade vara just mamma en stund.
Som orkade vara sig själv. Efter jullovet, när
tröttheten hade övermannat henne och hon
faktiskt hade lyssnat på sig själv en stund fick
hon gå till företagshälsan. Hos
beteendeterapeuten fanns facit på hur man pusslar
ihop livet. Där fanns locket till pussellådan med
den färdiga bilden på. I fåtöljen hos
beteendeterapeuten satt hon och försökte förklara
vad hon ville. En enda bild hade hon, inget annat
ville hon:

-Jag vill sitta på en stubbe i skogen och glo, sa
Maria till den konfunderade kvinnan mitt emot.
Det var uppenbarligen inget svar den kortklippta
kvinnan önskade sig eller visste hur hon skulle
förhålla sig till. Ingenting som hjälpte
arbetsgivaren ett dugg. De behövde duglig
arbetskraft som kunde införlivas i grottekvarnen
och bidra. Att sitta på stubbar i skogar och glo
bidrog inte till något i den kommunala
verksamheten. Så Maria fortsatte att komma till
det lilla rummet med kvinnan i de fotriktiga
skorna. Vårsolen blev allt starkare utanför
fönstret. Om man vred huvudet kunde man nog

ana ån bakom gardinen. Men ingen stubbe och ingen skog. De bortkastade timmarna i fåtöljen blev fler och fler tills de ansågs vara nog. Under tiden hade hon även funderat på att bli eremit eller pelarhelgon, det verkade mycket stillsamt. Beteendevetaren hade ingen sådan tjänst att erbjuda.

Ändå var det med glädje Maria gick till jobbet varje dag. Stegen från parkeringen till ytterdörren var lätta och hon tänkte ofta att det inte var en självklarhet. Detta att få gå till jobbet och träffa goda vänner, en ynnest. Att känna respekt och uppskattning. Trappan ner, sedan snabba försenade steg förbi gympasalen, svänga till vänster och öppna dörren till höger. Där inne var hennes värld. Som ett varmt hjärta dit människor sökte sig när de bara behövde sjunka ner på en stol en stund. Alltid välkomna. Det var ett utmanande och svårt jobb, men hon älskade att vässa sina egenskaper och använda dem som trollspö och magi, en konstart. Här utförde personalen underverk när de lotsade vilsna, trasiga och egenartade själar genom skolan. Skolan är en klosslåda där endast vissa former passar in. De med helt egna former hamnar utanför. De kan inte anpassa sig igenom det fyrkantiga eller triangulära hålet. Varje dag plågas de i den mycket snäva värld som skolan är och som det är deras förbannade plikt att gå i. Skolplikt är inget vackert ord.

Men att ständigt vara beredd på allt tär. Hjältens slängkappa slokar och världen fylls av kryptonit. Radarn är alltid på, skannar människorna, läser av blixtsnabbt, anpassar och modifierar efter behov. En svår och ansträngande konst. Försöka se bakom hörn. Vad kommer att hända i nästa sekund? Ligga steget före och förhindra, bana väg, stötta. Alltid alert. Aldrig paus. Ett enormt ansvar på tyngda axlar. Att vara den person som kan styra upp möten och samtal och få besluten att bli rätt. För om de blir fel kan en ung människas liv spåra ur. Det ansvaret släpper inte taget för att man åker från jobbet. Det viskar när nattsömnen inte kommer, det jagar i drömmarna. Det finns bakom ögonlocken innan de ser en ny dag. Ingen människa kan bära det länge utan att krackelera.

12

Ibland gick Maria ut i skogen. Där fanns träden och tystnaden. Hon tyckte inte om att möta någon. Ensamhet var bäst, därför undvek hon promenader i byn. Det fanns ett stilla sus i trädkronorna och en vilsam grönska i mossan. Lugna stenar och blåbärsris. Aldrig musik i öronen, de behövde sin vila. Men inte blev hon piggare av promenader och frisk luft. Sömnig och trött gick hon längs stigen och väntade på att piggna till. Att känna skogsluften lyfta medvetandet.

-Man ångrar aldrig en promenad, sa hon för sig själv. Eller så gjorde man det, när allt man behövde var sömn, sömn, sömn. Hon kunde sova tolv timmar och vakna med en kropp tung som bly och ett huvud i dimma. Den första timmen brukade hon skynda sig att göra saker, för sedan visste hon att all energi var slut den dagen. Batteriet laddade ur så fort och det laddade upp så långsamt. Men om hon lät bli att känna efter så kunde hon ändå jobba på, dag efter dag. Tills en dag när demonernas vägspärr stod tvärs över motorvägen och hon tvärnitade och vände hem.

Julen och nyår passerar. De blir vad hon behöver.
En famn, en vila och flocken. Amaryllisen har
vissnat, men en stängel står i knopp. Tomtarna
dansar ut, Jesusbarnet sover i sin krubba,
adventsstjärnorna släcks. Hon som lovade att
aldrig ha en gran av plast mer bär tacksamt bort
sin gamla tofsiga plastgran. Hon sjunger för den,
som hon alltid gör. "Men till nästa år igen,
kommer han vår gamle vän, ty det har han lovat."
Halva huset täcks av plastbarr. Hjärtat vemodigt
och tacksamt. Alltid vemod att börja nya kapitel,
även de små och vana. Som om det är för kort
ställtid mellan alla livets övergångar. Nytt är
otryggt för den som gungar. I adventstid vill hon
ställa in alltihop. Efter trettonhelgen är det
alldeles för tidigt. Jo, man kan vänta till
Tjugondedag Knut med att dansa ut julen. Men då
vet hon redan att hon inte orkar.

Den sista dagen i ledighetens ombonade värme.
Allt i sin egen takt, efter egen vilja. Vila vävs
med nytta i en vacker varp. Visst är det skönt med
promenader och vackert med snö, men ibland är
det vackrast i soffan under filten. Krama ur den
sista friden, ladda batteriet lite till. Det är en svår

konst att förstå hur mycket vila som behövs för att hålla balansen. Läraryrket är en ständig scen med en motvillig publik. Ibland applåderar den, ibland buar den. Reagerar alltid direkt. Lärare kan se runt hörn, känna av vad som ska hända innan det händer. Girar snabbt förbi och styr dit de vill. Långt ifrån alltid lyckas manövern. De ger och ger, får så mycket tillbaka, men det dränerar en känslig själ. Hon har en känslig själ. Det har hon alltid haft. Redan som barn önskade hon ibland att hon var en sådan som bara kunde ruska på sig och gå vidare. Men aldrig ville hon bli en av de okänsliga. Deras liv verkade ha så få färger.

14

I januaris början vrider solen upp ljusstyrkan.
Bara en aning, men ögon vana vid december
blinkar lika häpet varje år. Som en yrvaken
krokus sträcker man sig mot solen och den
klarblå himlen. Asfalten hal med enstaka
gruskorn. Skogsstigen har först barmark sedan ett
tunt lager snö i lysande vitt. Mellan ståtliga tallar
sträcker sig en hög vit björk som ett vitt
utropstecken. Halvfrusen sankmark speglar
skogen. Skärvor av is. Skymningen blir lite
längre, nattmörkret stampar i hallen lite längre för
varje dag, Ljuset virvlar i själen och lämnar tunga
fotspår.

*

Den sena januarieftermiddagen bjöd på en
glödande rosa himmel. Den började i svag
aprikos och växte till ett crescendo av starkt rosa
innan den gled in i kvällsmörkret. Dagens
ovanliga värme mötte klart högtryck. En stormig
natt som ryckte upp träd och lät dem kasta sig
över vägar så att de blev oframkomliga. När
dagen kom mojnade vinden, som vindar gör.
Solljuset över åkrarna hade sköljt bort decembers
blekhet och lyste klarare än ögonen mindes.

Nordens människor får ögon känsliga för ljus. De
accepterar mörkret och de korta tappra dagarna,
de längtar februaris första vårljus, de suger
kraften ur ljusa juninätter och finner ro i augustis
mörka kvällar. Känsliga för skiftningarna och
övergångarna.

Sprakande norrsken sökte sig söderut. Dansade
grönt över natthimlen när Maria sov. Bakom
ekarna och granarna kanske vågorna steg och föll
bakom svarta stammar. I natt väntas storm igen.
Inställda tåg när naturen ryter. Människan får inse
sin litenhet ibland, för större än så är hon inte.

15

Innanför den rosa tegelväggen fortsätter arbetet.
Snön i en smält pöl runt skorna. Har man tur så
har de torkat innan det är dags att ta på dem igen.
Datorn plingar av viktiga meddelanden och
uppgifter. Formulär att fylla i. Digitala kurser om
säkerhet att gå. Finns det inga kurser om
lärarsjälens säkerhet? Hon hade behövt en sådan
förut, nu är det för sent. Att-göra-listan bockas av
mycket långsammare än den fylls på. Utanför
tornar snömolnen upp sig och vinden tilltar. Inuti
tornar ovädersmolnen upp sig och vinden tilltar.

Maria står på parkeringen och gråter medan
snöstormen piskar henne i ansiktet. Fullständigt
tillintetgjord. Bilarna infrusna i sina
parkeringsrutor, täckta av drivande snö. Skolans
rosa tegelmur stirrar stumt på henne. Fönster här
och var. Glasdörrar och glasväggar. Hon försöker
hitta en plats skyddad från blickar, men vad gör
det om någon ser henne gråta? Tårarna blandas
med smält snö på kinderna. Sött och salt. Iskall
vind som blåser rakt igenom henne. Här finns
ingen lä från den obarmhärtiga vinden. Den ryter
från norr i februaridagens ljus. Solen är inte
längre vinterblek någonstans bakom molnen. Hon

34

skakar av köld och gråt, men det är skönt med smärtsam vind och stelfrusen kropp. Snöstorm inuti och utanpå. Hon vill bara bort därifrån. Aldrig komma tillbaka. Hem och rasa ihop fullständigt och aldrig någonsin resa sig igen.

Men hon rasar inte ihop, inte då. Inuti henne finns en motor som slår på. En reservkraft hon upptäckte för länge sedan. Den startar när hennes vilja och ork slutar. Utan den hade hon upphört att existera långt innan föräldraliv och vuxentillvaro. Den kliver upp åt henne på morgonen, gör frukost och tvingar henne att äta. Den klär på henne, knuffar ut henne genom ytterdörren och låter vardagen försiktigt ta ett steg framåt. Trots att den är livsfarlig. Vinden som blåser i ansiktet på henne vill kväva henne. Hemmet är borta och utom räckhåll när hon har gått tvåhundra meter därifrån. Världen är okänd och hon uppfinner sig själv. Försöker minnas hur hon brukade tala och röra sig. Vad hon brukade skratta åt, bli upprörd över. Det är svårt. Hon faller fritt i rymden och har ingenting att hålla sig i. Där finns bara hon och den skräckslagna paniken. Dag efter dag, månad efter månad. Till slut klingar den av, sakta, sakta. Lämnar stora fula ärr i själen som börjar klia och bråka när livet blir hotfullt. Som när hon lämnas ensam en liten stund, när tandläkaren fäller stolen bakåt, när frisören trär plasthuvan över håret, när hon åker buss och när hon åker tåg. Ångesten krälar som svart lava och hittar alltid nya öppningar. Hon slutar åka buss och tåg. Slutar resa bort. Slutar gå på okända vägar. Tillvaron var okänd så länge så hon kräver trygghet nu. Att nästan sluta leva är tryggt. Hon är så oändligt trött på den ständiga striden. Svärdet är oslipat och tungt. Draken ständigt redo. Visst hade det varit skönt att orka leva lite mer. Över detta gråter hon ibland. Försöker hitta hopp, slutar aldrig tro. För sådan är hon. Hoppet och tron är reservkraften. Motsatsernas människa. Optimistiskt och deprimerad, full av ångest och hopp, lugn och panikslagen. Nej, det är inte alltid lätt att vara människa.

16

Maria finner tröst i barnatron som följer med henne. Går på gudstjänster bara för att få några sekunders lättnad när prästen uttalar välsignelsen. Herren låte sitt ansikte lysa över dig, Herren vände sitt ansikte till dig och give dig frid. Läser Bibeln. Alla som också lidit och våndats och fått tröst av Gud. Bibelorden, psalmerna, bönerna, sångerna. De vaggar henne. Jesu lidande. Ångestnatten i Getsemane, inte ens han ville gå igenom så mycket smärta. Till och med han kände sig skräckslagen och övergiven. Hon talar med kyrkomänniskor, med en kurator. De hör hennes lugna röst och hennes censurerade och välformulerade ord. Ingen av dem förstår desperationen hos en människa som är på en livsfarlig gräns. De säger några tröstande ord och säger att livet kan vara jobbig ibland. Att det går över och att de ser hennes ljus. En stund låter hon sig tröstas, sedan känner hon sig skamsen och svag. Det krävde sådan kraft att söka hjälp. För den som kommer från en tid när man aldrig talade om själens våndor, där orden psykisk ohälsa helt enkelt inte fanns, växer sig skammen stor som ett berg. Vilar tungt på hennes smala axlar. Hon gör allt för att ingen ska se och förstå under alldeles för många år.

*

Det stillnar omkring henne. Ekarnas nakna grenar som blyertsstreck mot gråtung himmel. Markens snötäcke smälter, bar jord och fjolårsgräs. Fryser på nytt, pudras av snö. Fåglarna i äppelträdet söker talgbollar. Äter snabbt och flyger vidare. Aldrig långt, de är stannfåglar. Maria och talgoxarna ser varandra genom fönstret några flaxande sekunder. Hon låter sig tinas. Viljan vaknar. Skör och bräcklig, men små saker önskar den. Den vill flytta på en blomma, byta en duk, vika några filtar. Sedan slinker den in i sitt bo igen. Hon hör den sova och andas stilla. Den finns.

Vid den stora sjön har vintern slagit sig ner. Låg
grå himmel över snötäckt fjärd. Nästan vindstilla.
Vågor som frusna ögonblick. Stelnad rörelse.
Under isen rör sig sjön sakta. Mullrar dovt och
drömmer om sommaren.

I februari blev katten alltid orolig, sprang ut och
in, jamade och spann om vartannat. Vårsolen
väcker både djur och människor. Den är mjukare
och lovar liv. Maria brukade gå en runda i
trädgården, titta noga på platserna där
snödropparna dök upp först. De överraskade varje
år. Först ingenting och sedan en dag en klunga
vita droppar med huvudet böjt och små stadiga
gröna blad. De räds inte en frostnatt eller ett
snöfall så där som påskliljor gör. Snödropparna
ångrar inte att de lät sig väckas av solen. Ingen
lovade dem värme, men smältande snö och en
soltimme till. När vintern tar sitt sista farväl och
vårvärmen stannar ger de plats åt alla de andra.
Snödroppens löftesrika tid är slut.

För Maria försvann våren i ett töcken av jobb,
huvudvärk och förlamande trötthet. Hon
registrerade att den pågick där ute. Hennes värld
fylldes av utvecklingssamtal, möten, nationella
prov och rättning i ett huvud som fick allt svårare

att minnas och planera. Hon gjorde lektionsplaneringar som hon inte ens själv förstod, slarvade bort eller glömde att genomföra. Ibland hade hon samma lektion två gånger om inte eleverna protesterade. Allt var så viktigt, hon kunde inte prioritera. I stället prioriterade hon bort vänner, nöjen, familjen och framför allt sig själv. Hon kände sig som om hon fanns där inne i sig själv någonstans. En liten kärna under ett tjockt lager av skal. När hon tänkte på alla lager och hur hon skulle hitta sig själv där under fick hon huvudvärk och somnade. Varje helg likadan. Migrän, sömn och så några timmars tid på söndag eftermiddag då hon reste sig ur sängen och kände sig en aning levande.

Natten till lördagarna kom den smygande. Huvudvärken som ibland var dov och molande, ibland ett blixtrande helvete som tvingade henne att ligga alldeles stilla i ett mörkt och tyst rum. Den förde med sig illamående och en utmattande trötthet. Familjen kom med te och smörgåsar som hon kanske kunde få i sig. De såg på henne med sin bekymrade ögon. Talade milt, smekte henne över kinden. På eftermiddagen kunde hon resa sig ur sängen mycket långsamt. Som en återuppväckt stapplade hon med försiktiga steg ut från sitt mörker. Världen vinglade en aning. Hon var mycket hungrig. Ville bara äta och kramas, vara nära sina viktiga. De blev så glada varje gång.

Helg efter helg. Hur ska hon kunna förlåta sig själv att de fick genomlida detta? Hur ska hon kunna förlåta sig själv?

Natten till måndag sov hon knappt. Hela kroppen skrek att den inte ville en vecka till, men hon förstod inte. Var bara irriterad över att inte kunna sova. Såg på klockan hur sovtimmarna krympte. Hon slogs mot ångesten som skrattade sitt vansinniga skratt. För tusende gången svingade hon sitt trubbiga svärd och försökte försvara sig. Lika utmattad som när förlossningsvärkarna slet i kroppen timme efter timme fast hon för länge sedan hade slutat orka. Hon orkade inte, men hon visste inte hur man gav upp.

Sjukdomen är döv. Alla kloka människors kloka ord var omöjliga att lyssna till och förstå. Sjukdomen förnekar att den finns. Den säger åt henne att hon inte har något att gnälla över, hon som har allt. Hon borde vara tacksam över livet. Varför kan hon inte vara tacksam över livet? Hon måste vara en mycket dålig och svag människa viskar sjukdomen i hennes öron. Det hör hon. De kärleksfulla och omtänksamma orden är på ett språk som hon inte längre förstår. Hon talar bara självföraktets språk.

18

Söndag kväll suckar tungt. Lägger fram kläder,
läser jobbmejl, skolplattform och matsedel.
Köttbullar, potatis och brunsås. Matlådorna står i
givakt i kylskåpet. Fötterna i startblocken, hjärtat
i halsgropen. Ömma muskler, trötta ben. När
startsignalen går rusar hon i väg. Fem dagar är en
lång sträcka.

Målsnöret sprängs fredag eftermiddag. Hon rasar
ihop på andra sidan mållinjen. Nummerlappen
sitter snett. Den är osynlig, precis som alla andra
nummerlappar. Men vi vet att vi bär dem, vi
tävlar och springer och försöker vinna något.
Tävlar i allt. Mest välstädade hus, lyckligaste
äktenskap, flest vänner, underbaraste ungar, bästa
semester, karriär. Ingen vinner. Bredvid
tävlingsbanan står de lyckliga och ser på. De som
upptäckt sin nummerlapp och bränt den. Som
slutat tävla och börjat leva ett liv som de vill leva.
Där man inte vinner eller förlorar. Där man låter
sin egen mening födas och växa. Där man har
stannat och intresserat lyssnat på sig själv. De
som står bredvid har förstått att den som tar hand
om sig själv kan ta hand om andra. "Framför allt
ska du bevara ditt hjärta, ty därifrån utgår livet".

42

Kvällarna och nätterna är värst. Hela dagen längtar hon efter att gå och lägga sig. Utsjasad och trött vill hon inget hellre än att falla ner i sömn. Men under täcket lurar demonerna. När hon slappnar av börjar de sjunga, först nynnar de svagt sedan stiger deras sång till en olidlig falsksång och riktigt dåliga nätter till ett fasansfullt vrål. De skriker att hon är värdelös, att hon inte har någon framtid, att hon är skadat gods. Svag och sjuk med klena nerver. Hon tror varenda falsk ton. Till slut somnar hon, omgiven av snarkningar, barnsömn och kattens nattliga räder. Sovrummet har inga gardiner. Natten lyser rakt in. I vargtimmen vaknar hon igen. De jagar outtröttligt, hennes vargar. Genom frusna nätter och kolsvarta skogar. Hon har lärt sig att verklighetens vargar kan jaga sitt byte ett dygn tills det är utmattat och lättfångat. Hjärtat slår snabbt, tankarna rusar, vargarna jagar. Minst två timmar pågår denna nattliga språngmarsch. Någon timme innan alarmet tjuter kommer äntligen sömnen, djup och fridfull. Sedan börjar nästa dag och nästa i en aldrig sinande ström. Sisyfos skulle varit stolt.

Vid något av alla läkarbesök ser läkaren allvarligt på Maria och undrar om hon sover.

- Inte så bra, erkänner hon.

-Det viktigaste är att vi får ordning på sömnen, säger läkaren. Men hon får inte ordning på sömnen. Vargarna fortsätter yla och jaga, demonerna skriker ut sina påhittade sanningar. Hon håller för öronen och står ut. Vad skulle hon annars göra?

Åkrarna låg nakna och yrvakna när snötäcket
drog sig undan. Våren var bitande kall med
ständig nordlig vind. Den vägrade bjuda på
kaffestunder mot solvarm vägg. Vårblommorna
tvekade under jorden. Träden höll emot i det
längsta. Björkens musöron lät vänta på sig.
Vinterkläderna hängde sig envist fast i hallen.
Om man vågade sig ut i den röda kappan blev
man blåfrusen. Den röda kappan hade legat längst
ner i strykhögen en hel höst och en hel vinter.
Den hade längtat ut i vårsolen så länge nu. En dag
kände hon att det var dags. Hon struntade i
alltihop och strök den röda kappan. För till slut
kommer de dagarna. Dagar när det är dags.

Insvept i sin röda kappa drog hon ut i världen.
Svärdet var trubbigt och armarna svaga, men hon
hade bestämt sig för att slåss. Demonerna vrålade,
kastade sig åt sidan och gick segrande ur striden
gång på gång. Hennes armar värkte och svärdet
var fullt av hack. Långt senare kommer hon att
lägga ner sitt svärd och förstå att demoner vinner
alla kamper. Striden är deras föda. När man slutar
mata dem, när man bara sitter alldeles stilla och
ser på dem bleknar de. Om man bjuder dem på te
blir de fogliga och pratsamma. De kanske delar
med sig av sina hemligheter och svagheter.

Kanske försvinner de helt, men det tror hon inte. Hon får nog alltid leva sida vid sida med dem. När de skriker som högst finns det trolldryck i tablettform som tystar dem.

Tankarna är alltid på högvarv. Sömnen ger dem ingen vila. Hjärnvågorna som sköljer intryckens strand så att den ligger slät inför nästa dag fungerar inte. Människan behöver drömmens korta vågor, de sopar bort dagens grus. Hon behöver djupsömnens långa svepande vågor som rensar och renar och ger balans i kroppens invecklade system. Utan den får kemin slagsida. Kortisolhalten blir farligt hög och sätter kroppen i ständig alarmberedskap. Blodtrycket rusar, hjärtat pumpar, energin blir till fett, musklerna spänns, magen är i uppror. I sömnen läker människan till både kropp och själ. Utan sömnens kraft blir hon öm och sårig.

20

Under lång tid trycker det så hårt över bröstet.
Det blir tungt att andas och det spänner i hjärtat.
Maria bryr sig inte så mycket om det. Lägger
knappt märke till det. Lovar till slut att undersöka
saken, men glömmer att ringa läkaren, har inte
tid, missar telefontiden. Till slut, en vacker
vårdag, hör hon av sig. En sköterska lyssnar
uppmärksamt och ber henne komma samma
eftermiddag. I väntrummet möts hon av oroliga
ögon. Visas in till ett undersökningsrum och
kopplas till EKG. Hon ser allvaret i deras blickar,
men det landar inte hos henne. Så farligt är det
väl inte? Hon känner sig mest fånig där hon ligger
med bar överkropp och elektroder över halva
kroppen. Maskinen mäter färdigt, en läkare får se
resultatet. En ung man kommer in och meddelar
att hennes hjärta mår alldeles utmärkt. Nu känner
hon sig rent pinsam. Ta EKG utan orsak. Ta upp
vårdens och läkarens dyrbara tid utan anledning.
Hon simulerar och pjoskar, det är allt. Hon måste
skärpa sig! Läkaren frågar inte om hon är
stressad. Han frågar inte om hon sover, om hon
har ont i axlarna eller nacken, höfterna eller
magen. Han frågar ingenting. Hon lommar
slokörad ut och inser att hon är ömklig, att hon
borde må bra. Varför kan hon inte må bra?

Nästa dag berättar hon för kollegorna om äventyret på vårdcentralen. Irriterad och avvisande inför deras oro och omsorg. Inte visa sig svag. Kämpa vidare och vara stark. Hjärtat är ju friskt, inget att bekymra sig över. Kan de bara sluta undra och fråga? Hon sluter sig, vill vara ifred. Biter ihop käkarna hårt, samlar ihop sina saker och går ut till sin lektion. Där försöker hon undervisa, men hon tappar orden. Hette han August? Strindberg var det väl i efternamn? Hon minns inte vad de gjorde på lektionen igår. Eleverna får rätta henne och påminna henne. Just det, så var det ja. Nu går vi vidare. Hon sneglar på klockan. Önskar sig en film att visa. Önskar att lektionen tog slut. Önskar att dagen tog slut. Men hon vet redan att hon inte ens kommer att få rast. Inte idag heller.

Jobbet kräver ständig närvaro. Det finns ingen plats att gå undan på, att vara ensam på. Alltid i sändning, alltid på tå, alltid i yrkesrollen. Vem orkar ha det så? Inte Maria. Men hon trivs ju så bra Det är ett alldeles fantastiskt jobb. Det mest meningsfulla hon har haft. En plats där hon får känna sig uppskattad och betydelsefull. Ständigt utmanad att göra sitt yttersta och utveckla sina starkaste sidor. En glad och varm plats där man skrattar mycket. En fin plats. Här finns all den trygghet kantstötta själar behöver. Här finns en styrka som klarar enorma utmaningar och känslostormar. För detta är även en stormens plats. Det kan blåsa upp till styv kuling på en nanosekund, helt utan förvarning. Det kräver sin sjöman.

Sjön är hennes viktigaste plats. Barndomen
nästan vid strandkanten. Somrarna i blöt. Stort
vatten som möter horisonten mellan öarna. Där
vaggar vågorna till ro. Där är spegelblanka
sommarkvällar med en solnedgång så vacker att
man tappar andan. Där är höststormar med
blygrått vatten, skummande av raseri. Vintrar när
isen lägger sig tjock och trygg nog för
promenader, skridskor och skidåkning. De går
över isen till sommarens öar med vintervinden
bitande i kinderna i bländande snövit sol.
Islossningens kamp, våren övervinner alltid
vintern. När det nästan är badtemperatur hoppar
barnen i. Skrikande av kyla och badglädje. Kylan
bekommer dem inte. De blir blå och hackar
tänder, men det stör inte. Det är i en tid när det är
farligt att bada om det inte har gått minst två
timmar efter middagen. Det är i en tid när det inte
är farligt att försvinna i väg på sin cykel med
badkläder och handduk i en plastpåse från Ica
utan att säga vart man ska. Ingen förälder följer
någonsin med. Sådan är tiden i barndomslandet.
Fortfarande älskar Maria känslan av sjöns vatten
som omsluter kroppen. Att dyka under vattnet
och för några sekunder befinna sig under ytan.
Från topp till tå i svalkan och det milda tröga

vattnet. Det ska vara sötvatten och det ska vara stora sjöar. Den största. Länge bodde hon nära en av de där små sjöarna som man ser rakt över till andra sidan på. Den stillade inte alls hennes längtan efter vatten. Där fanns inte oändligheten och de lugna andetagen. Hon saknade sin plats och sin sjö med kraften hos rötternas hemlängtan. Det går inte att komma till ro vid små sjöar. Havet förstår hon inte alls. Det luktar konstigt. Kallsupar är vedervärdigt. Huden blir klibbig och sträv efter ett dopp. Håret ett enda trassel. Vågorna och vindarna är skrämmande stora och mäktiga. De kommer från andra världar långt borta, okända öar och kuster. Nej, havet kan besökas ibland för äventyrets och resans skull. Den stora sjön är hemma. Hon flyttade hem igen. Nu har hon hittat nya platser, hennes sjöplatser. Dit åker hon för att lätta sitt hjärta. För att gråta, för att sucka djupt. För att tänka och förstå. För att fly. Men också för att vara så makalöst lycklig att hon måste ställa sig på en klippa och le från öra till öra medan lyckans vågor rullar in och fyller hela kroppen, susar i blodet och sjunger i hjärtat. Det är en plats att unna sig. Den har alltid olika ansikten. Ibland har inte ens sjön sjöusikt, men hon känner att den finns där. Det räcker. Andas in, andas ut.

Andas i takt med vågorna. Hjärtslagen i takt med andningen. En sång susar stilla. Hon sjunger med.

När livet är i takt sjunger hon. Nynnar och trallar. Sånger från barndomen, ungdomen, skvalradion. De dyker upp och hon sjunger med. När livet är i otakt tystnar hon. Då lyssnar hon på barnets sång. Barnet sjunger i kör i kyrkorna. Vackra gamla stenkyrkor i böljande landsbygd. Deras kyrka är störst och ligger högst. Rakryggad och lysande vit blickar den ut över åkrarna. Därifrån ser man minst två kyrkor till. De ligger snett över fälten med den bördiga jorden. De tillhör två andra byar. Så är det här. En krokig väg med fält och hagar, efter en kilometer en klunga hus med ett eget namn. En egen plats på kartan. Från kullen där deras kyrka ligger kan hon peka ut flera stycken små byar. De bär alla sin historia. Kanske är det inte ens byar, men det är platser med hus, människor och ett eget namn. Somliga med en egen kyrka. Där sjunger barnkören. Deras ljusa röster klingar mellan valven som sett generationer av människor döpas, konfirmeras, gifta sig och komma till kyrkan en allra sista gång. Stengolvens minne av alla mänskofötter. Kyrkbänkar så obekväma att ingen kan slumra till i dem. Där sitter Maria och lyssnar. Hon blir alltid rörd till tårar. Kanske är det åldern, eller något med hur ljuset faller in genom fönstren som skapar en stillhet som lockar fram tårar ur trötta själar. Fast mest är det sångerna, melodierna, orden och rösterna. "Så tog han då barnen i famnen och log och välsignade dem. Hans ansikte lyste som solen och glada gick mammorna hem."

En gudstjänst i en av de små kyrkorna var alla barn med. Småsyskon sprang runt, jagade varandra och ropade högt medan föräldrarna hyssjade för döva barnaöron. En gammal kyrka har sådan underbar akustik att prova sin röst i. Att sitta stilla är så tråkigt för en sprittande barnakropp. Prästen stegade fram, ställde sig vid altaret och talade med myndig röst till de oroade föräldrarna:

- Det gör ingenting. Låt barnen springa och leka! Det gör ingenting om de river hela kyrkan, församlingen har sju till.

På Lucia gick de i fackeltåg över den snötäckta åkern. Från den grå stenkyrkan till det röda församlingshemmet. Det är levande byggnader på landet mellan åkrarna och ängarna. Där doftade det kaffe och hembakat, fuktiga ytterkläder och fodrade vinterkängor. Människoprat, sörplande och skrapandet av stolar när kaffebrödet tog slut eller tretåren skulle fyllas på. Långt långt från kaffe latte och ciabatta med ekologiska groddar. Storstadens trender som långsamma svallvågor som till slut når de små platserna. Möts av nyfikenhet eller misstänksamhet. Anammas eller ratas. Bryggkaffet står stadigt kvar bredvid den

hembakade sockerkakan även om surdegen
bubblar bredvid.

22

Somliga människor dras gärna med när svallvågen vänder, de låter sin längtan föra dem vidare och bort. Andra doppar inte ens tårna i den, den har ingen lockelse alls. De har sin plats inuti och runtomkring och där vill de leva sina liv. Det finns också de som flyter bort och kommer åter. De som växer ur småstadens kvävande krav och låter sig växa sig vuxna på en ny plats, tills de är så starka att kraven inte kväver längre. Då kanske hembygden blir ett äventyr. Då kanske platsen ropar så högt inom dem att de inte kan låta bli att lyssna. Kanske längtar de det enkla livet. Kanske har storstaden också krav på sina människor. Att vara välutbildad och vältränad, intressant och trevlig. Välklädd och lyckad. Kanske längtar de en tillvaro som inte bryr sig om mysbyxor och heminredning, valkar och fula frisyrer. En tillvaro där titlar och akademiska poäng är ovidkommande. En sådan plats kan var något att längta till. Det kan vara en plats som befriar.

*

Maria levde på sin längtans plats, men inte ens här fann kroppen ro. Själens muskel, någonstans i korsryggen med tentakler till höfter och rygg blev stel och spänd. Höfterna började värka. När hon satt och när hon stod. När hon låg ner. De molade och tryckte bort sömnen. Hon bytte skor, hon bytte madrass. Läkaren skrev ut medicin. Den lindrade Hon fick höra att hon måste röra sig, inte stelna till. Så hon började cykla. Susade genom snöfri vinter, snabbt och ihärdigt. På slingriga vägar runt staden. Men inte för långt. Demonerna hade nämligen bestämt att det var livsfarligt att vara långt hemifrån. Med långt menade de närmare och närmare. Hennes värld krympte. Framåt, framåt. Hon ville inte ha ont, måste kämpa. Cyklade till badhuset och simmade längd efter längd. Förbi långsamma tanter och lekande barn. Blev omsimmad av crawlande män med vattnet sprutande omkring sig, män som måste komma först. Hon ville också komma först, spurtade sig till blodsmak i munnen. Klev ur bassängen på darriga ben. Sjönk ner på bastulaven, njöt av värmen som spred lugn i muskler och leder. Doften av svettigt trä lugnade henne.

Efteråt såg hon sig själv kritiskt i omklädningsrummets spegel. Granskade kroppen med stränga ögon. Lite för breda höfter, midjan hade försvunnit en aning. Magen något större. Brösten väl använda. Benens åderbråck kröp som blå maskar under skinnet. Buktade ut i nya bulor.

Ett lila nät under huden. Ena foten märkt för alltid av den tredje graviditetens blå ådror. Foten värkte ibland, när hormonerna spelade som högst. Den värkte då, när den tredje magen växte. Blev blå och svullen, som om allt blod rann ner i vänsterfoten. Den gjorde ont att stå på. Läkaren föreslog att hon skulle sitta ner med foten i högläge och undervisa. Hon provade faktiskt en gång. Tjugofem fjortonåringar lyssnade inte alls på läraren med ett sådant kroppsspråk. Läkaren kanske bara hade sett tonåringar på vykort. När rektorn ville förlänga hennes vikariat till precis innan förlossningen sa hon nej. Ett ovant ord som alltid blev enklare med ett barn i magen. Som om barnet gav henne av sin kraft. Det handlade inte bara om henne. För barnets skull kunde hon sätta gränser. Rektorn blev sur, vem skulle då vikariera? Det brydde hon sig inte alls om, hon skulle få ett barn och det var det enda som var viktigt. Ja, det hände faktiskt att hon förstod precis hur hon skulle prioritera, men det verkade alltid krävas att en ny liten människa hjälpte henne.

Den här kroppen Maria levde i gav henne så mycket liv och de blev mycket goda vänner till slut, hon och kroppen. Den berättade sin berättelse. Där fanns ärren efter sönernas födelse, där fanns nog ärret efter dotter också, men det var inget hon någonsin såg. Striorna på höfterna efter att magen växt. Brösten som hon faktiskt alltid hade burit med stolthet, nu älskade och ammade, sprucken underhud efter mjölkstinna dagar. Mjuka och sköna. Benen som hon aldrig varit så förtjust i, breda vader och lår. Men hennes vuxna dotter sa att de var långa och vackra. Som om de alltid varit det. Breda fötter som passade bättre i träskor än i högklackat. De hade gått så många steg genom livet, hon och fötterna. De första stapplande, barndomens springande och cyklande, fulla av skrapsår, myggbett och blåmärken. Vingliga steg ut i vuxenvärlden. Tunga steg mot platser man inte alls vill gå till. Lätta steg till lyckliga stunder. Snabba steg för att skynda sig till gud vet vad. Armarna som fått ge så många kramar, bära så mycket. Håret som hon börjat tappa så att det blev ännu tunnare än innan. Ögonens obestämda färg som börjat grumlas och sakna gnista. Munnen som upplevt sin första kyss och sin tusende. Pussat bort det onda från barn som slagit sig. Försökt hitta de rätta orden i varje tillfälle. Till slut hade den också lärt sig att man får vara tyst ibland. Händerna som smekt till lust och till tröst. Arbetat och slitit. Det var en använd kropp och hon tyckte om den. Nu ropade den högt till henne att hon måste ta hand om den. Den hade ont.

Värken satte sig i axlarna, i nacken, över bröstet och magen. Men mest satt den i det ständigt värkande huvudet. Hon levde på Ipren, efter ett tag hade de ingen effekt längre. När sommaren kom och det blev mitten av juli kunde hon plötsligt vakna en morgon utan huvudvärk och med en kropp som inte kändes som om den just blivit överkörd av ett tåg. Det var lika underbart som det var konstigt och ovant. Hon visste inte riktigt vem hon var utan värken och tröttheten. Förvånad och upplivad snörde hon på sig löparskorna och gav sig ut i skogen. Hon var ju så pigg nu. Efteråt fick hon sitta med en varm sjal om halsen i flera dagar. Hennes böjda nacke hade sträckt på sig där i skogen. Musklerna försökte hålla den på plats, men de värkte av trötthet. Kotorna knakade, de hade stelnat i sin böjda rörelse.

Sjukgymnasten tog varligt i henne. Sa att hon måste sträcka på sig. Att hon måste slappna av i axlarna. Hon försökte, men axlarna var kvar vid öronen och nacken och ryggen var böjda. Hemma gjorde hon de förskrivna övningarna. Stärkte musklerna och tänjde lederna. Det hjälpte eftersom hon var en duktig flicka som gjorde sin läxa. Någon sjukgymnast för själen hittade hon inte. Hur sträcker man ut en böjd själ?

23

Vintern fortsatte och klev över i den andra
månaden. Februaridagen var vacker som en
sportlovsdröm. Ett tjockt täcke med pudersnö,
strålande sol. Så ljust att det sved i ögonen. Maria
var mörker och skam. Övertygad om att hon var
den hemskaste människan på jorden. Ingen tyckte
om henne, inte på riktigt. Glada vänner kom på
besök. De log, bjöd på hembakat. De satt i det
soliga gröna köket och drack kaffe, pratade och
skrattade medan hon försökte låta bli att falla isär.
Inuti henne tjöt gråten och ångesten vrålade. Hon
tog en kaka till.

Barnen ville åka pulka. Backen var full av
lyckliga skrik och kill i magen. Barnet ville att
hon skulle åka med. Mödosamt gick de upp för
backen. Hela byn var där. Susade ner och
sprutade snö omkring sig. Torkade rinnande
näsor. Drack varm choklad ur medhavda
termosar. Någon grillade korv. Solen log åt dem
från sin klarblå himmel. När barnet och mamman
nådde krönet satte de sig till rätta på den
turkosfärgade plastpulkan. Höll i varandra och lät
farten ta tag i dem. Fort gick det. Backen var hög
och brant och ekipaget var tungt. Hon blundade
ett ögonblick för att inte få snö i ögonen. Längst
inne i magen vaknade en strimma barnslig lycka.

Den sortens hisnande glädje som kommer av att åka pulka snabbt nerför en backe eller kasta sig ut i en bergochdalbana. Den lyste igenom mörkret, gjorde en liten reva och i några få sekunder var hon alldeles barndomslycklig igen.

24

Nätterna i mars har en egen svärta. Avgrundsdjup
och kall. De står i stark kontrast till dagarnas
starka solsken. Som en kraftmätning mellan ljuset
och mörkret där ljuset alltid vinner till sist med
sina skira sommarnätter. Men marsnatten visar
ingen nåd. Den suger livskraften ur den som
ligger vaken. Den låter tankarna dansa en
vansinnesdans till gryningen. Kanske får man
sova några ynkliga timmar innan det
obarmhärtiga alarmet ljuder. En morgon utan
nattsömn i kroppen är en kamp som man aldrig
borde genomlida. En natt utan sömn talar utan
omskrivningar om att du verkligen inte ska stiga
upp och jobba. Men om man blundar hårt och
stoppar fingrarna i öronen så slipper man lyssna.
Kroppen släpar sig igenom arbetsdagen som en
urvriden disktrasa. Man tankar koffein och socker
för att på något vis orka. Den välsignade sömnen
dyker sedan upp efter middagen någon timme på
soffan i hemmets lugna vrå. På natten börjar
allting om. Det fungerar naturligtvis inte.
Sömnbristen blir till en havererad mage, en
dunkande huvudvärk och omtöcknade tankar.
Man får leva på medicin och hoppet om att ingen
ska upptäcka hur trögfattad man är. Det går att
sminka bort sömnbrist, men inte allt. De

rödkantade ögonen och den dimmiga blicken, liksom gulaktig och bortkopplad. Till slut finns det ingen concealer som kan täcka de blåsvarta ringarna under ögonen. Kroppshållningen blir krokig och framåtlutad. Någon frågar om du är trött. Du fräser ilsket att det är du verkligen inte. Du undrar för dig själv varför folk måste lägga sig i. Du får väl vara trött om du vill? Dessutom är du inte alls trött, du har bara sovit lite dåligt. Det går över om du får en kopp kaffe. Om du orkar skojar du bort frågan i ett tappert försök att låtsas som om allt är bra. Det var bara katten och barnen och makens snarkningar. Det var bara våren och proven och rättningen. Det var förresten ingenting. Absolut ingenting. Säger du och försöker förtvivlat övertyga dig själv om att det är sant. Kroppen vet att du ljuger.

*

Den kalla våren virvlade vidare i en galen dans. Vildare och snabbare, Maria snubblade, men fortsatte. Bakom hörnet väntade en varmfront, den varmaste i mannaminne. På motorvägen väntade en vägspärr. Men först ska hon dansa tills fötterna värker medan världen snurrar. Än vet hon ingenting annat än att hon måste dansa och överleva.

63

Vårterminen strävade på. Mörkret drog sig
långsamt tillbaka och banade väg för gryningsljus
och långa stunder av skymning. En oemotståndlig
energi för allt liv. Naturliga pauser i veckornas
eviga kräftgång. Sportlov, påsklov, försommarens
långa helger och det ständigt hägrande
sommarlovet. Lärarlivet är cyklist på ett sätt som
inget annat yrke. En lunk att känna igen med
arbete och vila. Som kvinnokroppens cykler,
hormonernas dans. Den börjar om, månad efter
månad tills nästa del av livet tar vid under några
stormiga år. Maria var en oreglerad älv.
Hormonerna brusade fritt och det fick henne att
känna sig fungerande. Ägg som mognade, lusten
som spirade och planade ut. Några irriterade
dagar, molande värk och blodröda dagar som
följde. Igen och igen som ett tryggt urverk. Det
fortsatte i sin rytm medan hon rusade runt i sitt
ekorrhjul. Förtröstansfullt i stressens stormvindar.

Det kom dagar av tung blötsnö som tyngde ner
tillvaron så att allt blev blött och kallt. Himlen
blygrå och dyster. Oframkomliga vägar när snön
blåste in från åkrarna och la sig i drivor på
vägbanan. Allt sladdade och körde i diket. Snön
låg i tunga vallar och väntade på att någon skulle
skotta bort dem eller kanske bara försvinna av ett

smältande regn. Blåsten drev in från sidan och tvingade människorna att huka bakom uppfällda kragar där de gick med nedslagna blickar fulla av snö, oseende. Snön letade sig in under kragen, smälte i nacken och människorna frös ända in i märgen. Känslan av att aldrig tina, aldrig bli varm igen. Aldrig leva i lä igen.

Men en sak är säker med vintrar, de tinar och försvinner. Det kommer alltid en vår. Först är världen som allra fulast. Ett enda slaskigt grått med visset fjolårsgräs och snöblandat regn. När allt ännu känns som vinter dyker vårdagjämningen upp och nästa dag är ljuset starkare än mörkret. Så går mars. Ibland meterhög snö, ibland bara lera. Under marken väntar de tuffaste blommorna på att växa upp och trotsa vädrets makter. Maria var inte ens medveten om mars, om att snön smälte och ljuset återvände. Hon gick på autopilot. Det hände att hon inte ens kom ihåg hur gammal hon var. Det kändes som hundra år, men lite yngre var hon nog. Kroppen var stel och öm som på en gammal människa. Minnet var helt opålitligt. Kropp och själ hade åldrats i förtid.

26

Den här våren liknade ingen annan. Maria lade
knappt märke till att ljuset återvände, Ögonlocken
föll ihop och hon blev blind. Döv för fågelsången
som ropade åt henne att nu händer det! Nu
kommer värmen och ljuset. Doften av solvarmt
gräs och blöt jord nådde inte näsan. Den flöt runt
i luften omkring henne medan hon gick
bortdomnad omkring i tillvaron. Hon såg
människor komma in på jobbet med rosiga kinder
och svettdroppar i pannan. Det var tydligen varmt
ute. Från hennes kontor visste man knappt vilken
årstid det var. Inrymt i ett gammalt skyddsrum
med en liten fönsterglugg genom tjocka väggar
som en gång byggts för att stå emot krig. Maria
bar kriget inom sig, skyddsrummet gav inget
skydd. Fönstergluggen vette mot en innergård dit
solen sällan nådde. Allt man såg var en hög rosa
tegelvägg i ständig skugga. Där fanns varken
årstider eller väder. Möjligen mörker och snö,
något annat släppte fönstret inte igenom. Det
gjorde inte så mycket, hon satt ändå böjd över sitt
skrivbord och försökte minnas vad hon höll på
med. Skrivbordet var ett hav av papper, post-it
lappar och böcker. Några pennor, pärmar och
mappar med viktigheter som hon antagligen
borde ha gjort något åt, men som hon för länge

sedan glömt. En hylla med ännu fler böcker, en anslagstavla med viktiga påminnelser, lådor fulla av saker som blivit kvar. Hon satt bredvid telefonen som kunde ringa när som helst. Om hon svarade kunde det vara ett snabbt meddelande eller början på ett långt och svårt samtal som krävde all hennes kunskap och kapacitet. Helt oförberedd förväntades hon hantera det. Kanske var det hon själv som krävde det, hon orkade aldrig reflektera över den saken. Utpumpad lade hon sedan på luren, dränerad av samtalet. Kanske lyfte hon på huvudet och mötte nästa människa som stod där med sina bekymmer i sina framsträckta händer. Kanske ropade schemat att det var dags för lektion. Snabbt ställa om hjärnan från det svåra samtalet till engelska oregelbundna verb och fakta om Sydafrika. Hitta rätt papper och böcker, ta ett djupt andetag och kliva ut från kontoret in i klassrummet. Sådant var Marias lärarliv.

27

Påsken kom, skärtorsdagens vandring i
Getsemane trädgård. Det var natt, mörkt,
trädgården full av hotfulla skuggor. Trädens
knotiga grenar sträckte sig efter henne. De växte i
ett vilset virrvarr. Hur skulle hon någonsin hitta
ut? Måste hon gå igenom denna skärseld igen? En
vandring som slutade med en lång fredag,
dystrare än allt. En tung och övergiven fredag.
Hon bar sin törnekrona, trots att den skavde hål i
huvudet. Hon bar sitt kors medan ryggen kröktes
och axlarna värkte. Ibland måste man gå rakt
igenom smärtan för att komma ut på andra sidan.
För Maria kom det en påskdag, men
Golgatavandringen var lång. Påskdagen hade en
försiktig gryning som trevade sig fram ur
nattmörkret. Sakta bredde den ut sig och natten
gav vika. Dagen var ny och ovan, med ett nytt
språk och nya ord. Men en sak visste hon, till slut
skulle hon tala det flytande.

*

En morgon stod Maria i duschen och undrade hur
man vred på den. Stirrade en stund på de
obegripliga vreden. Varmvatten, kallvatten,

starta, stänga av. Det var som en helt ny
uppfinning som hon aldrig hade sett förr. Efter en
stund kom hon ihåg hur man gjorde. På skakiga
ben klev hon in i duschen. Att glömma något så
vardagligt var skrämmande. Hon schamponerade
tre gånger och glömde balsam så att håret stod
som en trasslig gloria runt huvudet och stora
tovor slets av när hon försökte kamma ur det.

Så där gick dagarna. Det hände att hon undrade
om hon kommit ihåg bilnyckeln medan hon körde
bil. Så dum hon kände sig efteråt. Tänk om någon
fick veta hur förvirrad hon var! Hon kanske borde
sluta köra bil? Hon hade kanske drabbats av tidig
senilitet? Skrämd kände hon ångesten rusa genom
hjärtat. Inte berätta för någon, bara le och vinka.
Ingen skulle få veta.

En helg var de bjudna på dop. En ny liten
människa som värmde Marias hjärta med sina
små händer och ogådda fötter. Hon ville ge barnet
den bästa presenten, de vackraste orden och själv
vara fin på en sådan viktig dag. Med stor
ansträngning fann hon en fin gåva inslagen i ett
vackert paket. Hon och familjen gjorde sig
festfina och for i väg. Längst framme i kyrkan
stod hon och läste ur bibeln för den samlade
församlingen. Välklädd och välsminkad, men
utan mascara. Den hade hon glömt.

En svag, men tydlig doft av cigarett spred sig alltid till sovrummet på kvällen. Maria tänkte att det var grannen som gick ut och rökte. Lite förvånande att hon kände lukten på sådant avstånd. Husen låg inte tätt och trädgården var stor. En kväll när cigarettlukten som vanligt svävade in genom sovrumsfönstret insåg hon att grannen var bortrest. Ingen rökte på andra sidan tomtgränsen. Inom sig förstod hon vem det var som kom kväll efter kväll. Det var hon som bott här förut, hon som gått ut och rökt där nedanför fönstret varje kväll, medan hundarna sprang en sista vända på gräsmattan. Det var kvinnan som gett liv åt mannen som var barnens far. Över språkgränser och kulturer hade de två, Maria och makens mor, mött varandra i det här huset för många år sedan. De hade förstått varandra och kommit nära med värme och respekt. De hade för alltid blivit varandras genom mannen och barnen. Svärmoderns gener i barnens blodomlopp. Hon hade alltid varit en gränslandets människa och nu kom hon varje kväll som en skyddsängel från andra sidan livet. Satt där och rökte, osynlig och utan cigaretter, men doften var lika verklig som förr.

Några år senare flyttade Maria från det lilla huset. Cigarettlukten flyttade med. Inte varje kväll, det var bara på oroskvällar den spred sin tröstande doft. Så småningom hände det alltmer sällan, den svävade bort och verkade ha försvunnit helt en vår. När sommaren kom fanns där en mycket orädd rödhake i trädgården. Den satt ofta stilla och nära både Maria och hennes man. Först lade de inte märke till den, sommaren var ett enda flygande fågelkvitter. En dag nämnde maken att han lagt märke till en liten fågel som verkade iaktta honom helt orädd. Då drog Maria sig till minnes att hon också hade sett den. Den hade suttit på grillen och tittat närgånget på henne när hon låg och solade. Den hade betraktat henne från stenmuren och från buskarna. Jo, hon hade också lagt märke till den. Någon vecka senare var en riktig åskväderskväll med hårda ord och sårade känslor. När Maria gick och la sig på kvällen kände hon sig iakttagen. På balkongräcket satt rödhaken och såg rakt på henne. Den satt alldeles stilla, böjde lite på huvudet och fortsatte se på henne med små allvarliga ögon. Maria kände sig lugnad och sedd. Sommar efter sommar kom rödhaken tillbaka. Varje gång världen skakade visade den sig. En gång frågade hon den högt om den verkligen trodde att allt skulle bli bra igen. Då satt den kvar och den kom tillbaka dag efter dag. Kvinnan från andra sidan gränsen fortsatte

att vaka, skydda och trösta. Åskan klingade av,
rödhaken hade rätt.

*

Det fanns stunder av solsken och oändlig himmel.
Stunder att ligga under ekarnas väldiga
trädkronor och andas in tillvaron. Mjukt genom
spänd bröstkorg tills något lirkades upp och
lossnade. En stilla gråt föll som ett vårregn ner
för kinderna. Låta sommarbrisen smeka solvarm
hud. Himlens hoppfulla blå som ett hav rakt ut i
universums oändlighet. Omsluten, mycket liten
och för ett ögonblick alldeles lugn. Stunder som
dyrbara pärlor att förvara i minnenas
smyckeskrin. Stunder att ta fram i gråaste
november, hålla varligt och minnas. Ett pärlband
av frid.

29

Det var något särskilt med fröer. Med jorden.
Rotselleri, chili, paprika. Deras sandkornsstora
fröer som såddes mitt i vintern för att ge skörd
när hösten kom. Att så, vattna och vänta. Se fröet
gro och växa. Det gick inte att skynda på och det
gav henne ro. Fascinationen när det blev stora
plantor av det späda gröna. Det väckte en lycka
som inte gick att hejda. Plötsligt var huset en
djungel av rangliga tomatplantor och
sommarblommor i vardande. Varje solig
fönsterbräda fylld till brädden. Extra bord framför
söderfönstren. Hon planterade om, gav plantorna
mer jord i större krukor. Väntade på värme och
frostfria nätter. På något vis odlade hon sin egen
energi och glädje. Ny kunskap spirade. Hon lärde
sig att varje växt har sina egna förutsättningar.
Somliga vill ha ljus och värme. De växer snabbt
och frodas. Andra kräver tid och tålamod innan
de blommar. Somliga vill stå i skuggan och vänta
på att deras tid kommer. Mycket näring, lite
näring. Fuktigt och torrt. Storslagen eller
oansenlig. Mångfalden hade mycket att lära
henne. I trädgården försvann tiden. Jordig, svettig
och varm av lycka ramlade hon till slut in i huset
igen.

Mitt i vintern kan man så. I snö och kyla kan man plantera sina fröer ute. De känsligaste fryser och förgås, men många lägger sig till rätta i jorden och vilar lugnt tills ljuset är tillräckligt och värmen livgivande. Då öppnar de sig mot våren, sträcker ut sina rötter och växer. Det blir tåliga plantor, vana vid livets växlingar.

Odlandet väckte drömmar om frihet i Maria. Ett liv bortom lönen och måndag till fredag. Den viskade tyst om ett liv som följer solen, årstiderna och hennes inre kompass. Växter krävde inte att hon skulle förstå dem och kommunicera med dem. Det gjorde hon ändå, hon kom på sig själv med att önska dem god natt när hon vattnade i växthuset på kvällen. De krävde förstås skötsel, men hon var inte tvungen att tjuva tomater på tisdagar kl 10.35. Läraryrket och skolan gick efter sitt minutstyrda schema som om man trodde att tid verkligen är densamma hela tiden. Som om en minut alltid är lika mycket värd. Det är den inte. En trött måndagsmorgon i december är minuterna ineffektiva och tröga. En utvilad förmiddag i september är de värda tiofallt. Hon avskydde scheman, hade alltid längtat frihet över sin tid och tagit den när livet hade givit möjlighet till det. På det viset var hennes yrkesval en krock med henne själv. Sommarlovet var det bästa med lärarlivet.

Då lät hon bli att räkna dagar, veckonummer och datum. Inbillade sig att det var oändligt. En alldeles fantastisk inbillning.

*

Maria bar vädret och årstiden inom sig. Inte alltid i takt med tiden utanför. Nu var det fuktigt och rått. Hennes dimma var tjock och nästan ogenomtränglig. Hon famlade där inne, hittade inte ut. Världen snurrade bara fortare och fortare. Det dånade av tinnitus i öronen på kvällarna. Som krigsflygplan som korsade natthimlen. Nerverna i ansikte började rycka okontrollerat. Drömmarna rusade fram. Hon körde bilar utan bromsar på livsfarliga vägar, tappade bort viktiga saker, ibland tappade hon bort ett barn. När hon var bland människor i drömmen upptäckte hon att hon var naken. Till slut vakande hon genomsvettig och ännu mer utmattad än när hon somnat. Sådan var hennes vila.

30

För länge sedan tyckte Maria om äventyret, att resa och upptäcka. Nya platser, nya upplevelser. Hon tyckte om att träffa människor, prata och skratta. Hon var full av planer, alltid på väg. Numer tyckte hon att en bra dag var en sådan där hon inte lämnade tomtgränsen, utom möjligen för att gå de tre stegen till brevlådan. En bra dag var en sådan när ingen plingade i mobilen, ingen ringde och ville prata, ingen knackade på dörren. En bra dag fick hon vara ifred och ta in så mycket av livet som hon mäktade med. Hon fick ha ett tempo som inte gav henne migrän i två dagar. För sanningen var att hon orkade mycket mindre än hon erkände. På väg till tvättstugan fick hon först sätta sig ner en liten stund innan hon orkade tvätta. Sedan fick hon lägga sig ner en stund på soffan och blunda för att hon var helt utpumpad av att ha startat tvättmaskinen. Dessutom måste hon samla kraft för att gå uppför trappan igen. En alldeles vanlig trappa, men för henne var det bergsbestigning. Den här tröttheten ville hon inte kännas vid. Hon dolde den och erkände den inte ens för sig själv. Hon skulle ju bara lägga sig ner lite. Det var väl inget konstigt med det?

Bland frysdiskarna på Willys gick hon med sin kundvagn och försökte få med sig rätt saker hem.

Det lyckades aldrig, hon glömde alltid det viktigaste. Hon skrev listor och komihåglappar som hon kanske till och med tog med sig till affären. Det hjälpte inte, för hur hon än läste på dem fick hon aldrig med sig allt som stod på dem. Hemma undrade de hur det var möjligt och hon kunde inte förklara. Hon bara glömde. Hon glömde allt. Vid frysdisken kom den bekanta tröttheten över henne. Snabb och effektiv som en narkosspruta. Ena sekunden var hon tillräckligt pigg för att handla mat, nästa sköljdes hon över av en enorm trötthet vars enda önskan var att få sova. Många gånger hade hon fått tvinga sig själv att inte lägga sig till rätta bland de frysta fiskpinnarna och ge efter för tröttheten.

I bilen på vägen hem var radion på för en gångs skull. För det mesta stängde hon av den. Den lät alldeles för mycket. Hon ville ha det tyst omkring sig. Skval och musik skar i öronen och fick hjärnan att vibrera av oro. P1 gick bra på morgonen. De pratade lugnt och lät bli att spela musik. Ett tag kunde hon bara lyssna på klassisk musik i P2, trots att hon egentligen inte uppskattade det. Men det var lugnt, melodin spelades länge, ingen avbröt för att prata strunt. Men den här dagen orkade hon lyssna på musikradio. De spelade Strövtåg i hembygden och hon sjöng med. "Var är min faders röst?" sjöng hon. Då kände hon hans närvaro på sätet bredvid sig. Varm och glad. Hon log mot honom i hans osynlighet och sjöng för honom. De konverserade tyst genom dimensioner, över livets gräns. Hela vägen hem satt han kvar och hon log resten av dagen.

När pappor dör blir det mycket tomt och mycket ensamt. Ingen skäller längre på dig när du kommer för sent. Ingen svär längre med ordekvilibristens hela uppfinningsrikedom. Ingen svarar glatt när du ringer. Ingen kupar sina händer och visslar när du är försvunnen. När pappor dör blir man mycket liten och mycket ensam. När pappor inte längre finns är man ett faderlöst barn.

31

Någonstans inom sig förstod Maria att livslust var
viktigt så hon sökte den. Försökte titta på film,
men kunde inte ens bestämma sig för vad hon
ville se. Dessutom var de ju så långa. Tänkte att
hon skulle börja med en ny hobby. Köpte en
tidning om stickning, men hon kom inte längre än
till att bläddra i den. Köpa garn, lägga tid,
slutföra. Hon somnade av bara tanken. Musik
skulle göra människan lycklig. Men att välja vad
hon skulle lyssna på krävde så mycket att när
låten spelades orkade hon inte lyssna. Det var
alldeles för mycket ljud. Hon valde tystnad. Mjuk
och mild tystnad. Någon tipsade henne om yoga.
Den krävde inte bokad tid, packad väska och åka
i väg. Men den krävde muskler, mjuka leder,
andning, uthållighet. Trodde hon. Hon svor högt
åt alla omöjliga positioner och djupa andetag.
Hon ilsknade till över programmet som skulle
följas varenda dag i en månad. Där någonstans
släppte hon taget om den duktigaste flickan. Hon
lät det ta hundra dagar. Efter hundra dagar var
hon fortfarande inte särskilt övertygad. Träning
var program och planering, kämpa och slita. Inte
ge upp. Hon behövde släppa sådana tankar. Hon
behövde inte träna, hon behövde hitta sätt som
hjälpte henne att leva. Sätt som hjälpte henne med

de där pusselbitarna. Som skissade en framsida av hur bilden på pusslet skulle se ut. Hon behövde lära sig att sitta alldeles stilla och andas. Det var den svåraste träningsform hon någonsin hade provat. Men mycket långsamt gick det lättare. Hon lärde sig att inte pressa hårt och ställa höga krav. Hon lärde sig att själen sitter i hela kroppen och att den vill något. Den är i ständig dialog, om man bara lär sig språket. Då förstår man att de där spända axlarna behöver mjukas upp och sjunka ner. Att de stela höfterna behöver år på sig att släppa all stress de har lagrat.

*

Marias tantsjäl skavde mot nutidens krav. Den ville vänta på degar som jäste, den ville mangla linnedukar blanka. Den ville vänta på frön som grodde, baka småkakor och klappa en spinnande katt. I stället drack hon kaffet medan hon fönade håret och bättrade på läppstiftet framför hallspegeln. Kastade en blick på klockan. Bråttom, bråttom. Barnen runt hennes fötter. Hon hade börjat blanda ihop deras namn. Ibland ropade hon på katten i stället. Nu skyndade hon ut genom dörren och for i väg. Medan hon körde glömde hon fem gånger vart hon skulle åka. Färden tog tio minuter. Men hon kom ju fram, så det var väl ingenting att oroa sig för? Hon parkerade, trängde bort tröttheten. Den parkerade sig i axelhöjd och klämde åt nacken. Huvudvärken låtsades hon inte om, den blev till ett dovt obehag innanför pannan och bakom höger öga. Stressen vred om magsäcken som kved stilla. Hon pressade ihop käkarna, målade på ett leende och klev ur bilen. Två minuter kvar till föräldramötet, hon skyndade på stegen.

*

Tankarna föll som flingorna i en nyss skakad snöglob. Om Maria låg alldeles stilla och blundade föll de sakta och sikten blev klar. För varje gång tog det längre tid och till slut fanns det alltid en mjölkaktig slöja kvar. Tillvaron var en ständig dimma. Ett långvarigt strömavbrott. En dag skulle dimman skingras. En dag skulle lamporna lysa igen. Hon hade ingen aning om hur långt det tid det var kvar. Det var tur.

Det finns de som påstår att ångest föder kreativitet. De har fel. Ångest förlamar. Ångest får dig att irra som en myra än hit, än dit med ditt alldeles för tunga barr. Det fryser dig inifrån. Händerna blir iskalla, hjärtat pumpar, kallsvetten dansar med illamåendet. Reptilhjärnan ropar att rovdjuren är nära och kroppen vill rädda det som räddas kan. Känslan är ingenting annat än fasansfull.

32

Marias dotter ringde, mamman måste komma dit
nästa vecka. Maria hörde katastrofen ryta, men
hittade ingen väg ut. Dagarna närmade sig
obarmhärtigt. Det var en bilresa på fem mil, men
för henne var det ett omöjligt uppdrag.
Demonerna hade nämligen bestämt att ensamma
bilresor var det farligaste som fanns och de
lyssnade inte när hon sa åt dem att det inte var
sant. Demonernas sanning var Marias sanning.
Bilresor var fasansfullt. Hon planerade och
parerade, letade ångestdämpande åtgärder. Dagen
var minutiöst planerad och gick i ett våldsamt
tempo. Den viktigaste livlinan var
mobiltelefonen. Till sin fasa upptäckte hon att
just det här datumet hade hon bytt operatör och
ingenting fungerade. Hjärtat rusade och tankarna
försökte febrilt hitta en lösning. I sådana här
stunder tänkte hon snabbare än jordens alla
servrar samtidigt. Minuterna tickade utan nåd.
Hon kastade sig i bilen och hittade någon som
kunde hjälpa henne. Nu måste hon åka. Att vrida
om bilnyckeln kändes som att hoppa ut för ett
stup. Bredvid henne satt det medtvingade barnet.
Han hade fått Bamsetidningar, Festis och en
tablettask som muta. Inte alls dumt, tyckte barnet,
som såg fram emot en liten resa med mamma och

att få träffa sin storasyster. Solen lyste över åkrar och skogar. Maria tog på sig solglasögon för att stå ut. Skogarna lutade sig in över bilen och susade hotfullt. Bilen blev klaustrofobiskt liten. Hon försökte andas, men bröstkorgen var så spänd att hon nästan fick syrebrist och yrsel. Kroppen satt still på förarsätet, medan den kämpade som i ett maratonlopp. Hjärtat hamrade, kallsvetten bröt ut, illamåendet sköljde över henne i vågor. Hon försökte styra bort tankarna. Pratade med barnet, lyssnade på radion, tänkte på utvecklingssamtalet, vad de skulle äta till middag. Försökte att inte titta på vägskyltarna som påminde om hur långt hon hade åkt och hur långt det var kvar. Letade avfarter och möjligheter att vända om. Ångesten tog strypgrepp på henne, paniken vrålade. Den lilla bilen närmade sig motorvägen. Tvåfilig, mitträcke, infångad. Mitt emellan hemmets trygghet och dotterns stad. Där stod den. Demonernas vägspärr. Vid den sista möjliga avfarten svängde hon av och stannade.

På en rastplats utmed motorvägen vände Maria till sist. Det blev till slut dags att stanna och vända om. Hela vägen hem förbannade hon sig själv, sin feghet, sin ångest, sin svaghet. Barnet undrade besviket varför de vände. Maria hittade på någon förklaring som han inte alls trodde på. När hon svängde in på sin egen gata kände hon sig ynklig och lättad. Adrenalinet släppte och fick hela kroppen att skaka. Hon förstod först flera år senare att ångesten ville henne väl. Att den behövde både megafon och vägspärr för att hon skulle lyssna. Demoner är förklädda änglar som har viktiga saker att säga oss, om vi vågar lyssna. När hon klev ur bilen och gick mot sitt hus bestämde hon sig för att det var nog nu. Till slut hade hon lyssnat och förstått.

Nästa vardag klev Maria in i vårdcentralens väntrum fast besluten att inte linda in orden. Hon skulle vara sitt sanna stressade jag. Inte den lugna verbala välutbildade kvinna som mött så många oförstående läkare och kuratorer och allt vad de var. På darriga ben följde hon läkaren med de långa ögonfransarna, satte sig ner i hans mottagningsrum och berättade utan omsvep om depressionen och ångesten och alla fysiska biverkningar. Han såg på henne med mörka allvarliga ögon, sedan frågade han hur långt det var kvar till sommarlovet. Han sjukskrev henne helt till sommaren och ordinerade vila. Hon undrade om hon möjligen kunde bryta sjukskrivningen och jobba bara lite grand innan lovet? Han såg förvånat på henne och nickade. Så lite hon förstod, så totalt uppslukad av sitt jobb var hon. Hon kom skulle aldrig mer jobba där igen.

På måndagen samlade Maria ihop sina sista krafter, tog med sig två viktiga papper och klev in genom glasdörrarna på sin arbetsplats. Hon satte sig mitt i den stora cafeterian. Papperna brände i väskan. Den höga stolen kändes livsfarlig, vilken sekund som helst skulle hon kunna ramla ner i stengolvet av ren yrsel. Kollegorna kom förbi med försiktiga frågor. Hon satt stilla, svarade utan att berätta något. Drack en kopp kaffe och väntade på sin stund. Den kom. Benen bar henne hela vägen genom korridoren.

-Det tar bara några minuter, sa Maria och lämnade över det första pappret. Sjukskriven från och med nu och fram till sommarlovet. Sedan det andra pappret. Uppsagd från och med efter sommarlovet och fram till för alltid. Sedan vände hon på klacken och gick. Hjärnan var av popcorn och hon höll på att brisera. Såg ner i golvet, ville inte möta en enda blick. Ut, bort och därifrån. Sagan var slut.

Hemma var det märkligt tyst. Ingenting krävde hennes tankeverksamhet. Då passade ångesten på att breda ut sig. Den ven som en isande nordanvind runt själen. Hon hade inget motstånd kvar. Ville vila, men sprang runt och höll ångesten stången med disk, tvätt, rabattrensning, vad som helst. Hon visste ännu inte att demoner dricker te.

33

Från en dag till en annan vällde hettan in. Iskalla
solhörnor blev outhärdligt varma. Maria släpade
fram solstolar och försökte ligga stilla. Men
flugorna surrade så högt och fåglarna väsnades.
Katten låg på en sten i solen och njöt. Marias
hjärna och kropp hade varit på högvarv så länge
att inbromsningen skedde mycket långsamt.
Hennes kloka vän skickade bilder på hur man
ligger still. Försökte instruera henne i konsten att
vila. I smyg gick Maria ut i köket och lagade mat
fast hon egentligen inte orkade. Katten gäspade
lojt och bytte ställning.

När läkaren hade frågat om hon ville ha något
lugnande hade hon svarat nej. Nu ringde hon och
ångrade sig, bad att få några tabletter så att hon
stod ut med sin ensamhet. När hon skulle ta den
första tabletten var hon livrädd, trodde att den
skulle göra henne galen. Nervös satt hon på
trappen framför huset med mobilen i handen,
beredd att ringa sina livlinor om galenskapen bröt
ut. Ingenting särskilt hände. Hon blev lite torr i
munnen och inte riktigt lika spattig, det var allt.
Så hon satt kvar och vågade för första gången på
länge lyssna på sina egna andetag. Andas in,
andas ut.

Efter tio dagars vila vaknade hon och kände att ryggen hade stelnat i ett orörligt läge. Hon reste sig ändå, som hon alltid gjorde. Efter tjugo steg var smärtan i korsryggen så intensiv att hon skrek och föll ihop. Kallsvetten sköljde över henne, allt snurrade och hon mådde illa. Barnen kom springande och såg sin mor ligga i en hjälplös hög på golvet. Skrämda försökte de hjälpa henne. De undrade vad som hade hänt och hon kunde knappt svara genom smärtan. I korsryggen finns muskler vars nervändar går in i ryggmärgen. De kallas ibland för själens muskler för att de reagerar på stress och akut fara och skickar varningssignaler direkt till ryggmärgen, utan att passera gå. Nu, när hon tillät sig att känna, vräktes smärtan ut och gjorde henne orörlig och ynklig i flera veckor. Hon behövde be om hjälp med nästan allt. Kanske visste kroppen att det var en nödvändig lärdom. Den duktiga flickan som klarade allt och aldrig ville vara till besvär, nu låg hon på golvet och behövde all hjälp hon kunde få och hon var tvungen att be om den.

*

På nationaldagen bestämde sig familjen för att åka till den lilla staden vid den långa sjön. Maria skulle följa med fast hon varken kunde sitta, stå eller gå. I bilen dit hade hon en hårt rullad scarf i ryggslutet för att över huvud taget kunna stå ut med en stunds bilfärd. När de kom fram var hon så stel att det var näst intill omöjligt att ta sig ur bilen. Hon kände sig som en utbrytarkung som till sist tog sig ur bilens låsta grepp. Nu skulle de promenera lite på kullerstensgator och i parken längs med sjön. De första hundra metrarna var uthärdliga, sedan skrek korsryggen åt henne att sluta. Hon kämpade på med sammanbitna käkar. Familjen var utflyktsglad och ville äta glass och titta på stranden. Hon beklagade sig, men fortsatte. Vid en scen där några människor sjöng visor om sommaren och fosterlandet lade hon sig ner på gräset och vägrade att gå ett enda steg till. De ömmande, uttröttade ryggmusklerna fick någon sorts vila när de kunde ligga platt mot marken och inte behövde bära hennes kropp. Familjen tröttnade, sången tystnade och hon tog sig mödosamt upp igen och ansträngde sig resten av dagen åt att inte sabotera familjeäventyret helt med sitt usla humör. Ingen hörde att det var själen som bad henne att sluta. Hon visste inte att man fick släppa kontrollen och låta familjen åka på äventyr utan mamman. Hon hade ingen aning om att det var tillåtet, kanske till och med nödvändigt, att ligga alldeles stilla och vila när man hade så ont att man varken kunde sitta, stå eller gå.

34

Maria bredde ut den rutiga filten på gräsmattan.
Plastad undersida och rödrutigt tyg, en filt gjord
för alla underlag. Den hade legat på stränder,
grus, barr och lera. Den hade smulats och spillts
på av tusentals fruktstunder, glasstunder,
saftpauser, fika och grillade korvar. Små barn
hade somnat på den, ammats på den. skrattat på
den och gråtit på den. Den doftade solsken och
minnen. Genom tyget mindes huden varje kotte
och vass sten som filten legat på. Ena hörnet
började fransas upp efter alla år. Hon hämtade en
bok och lade sig ner. Slog upp första sidan och
började läsa. Kände för första gången på mycket
länge hur det var att verkligen läsa en bok. Låta
orden dra med henne på äventyr till nya platser,
träffa nya människor och tänka nya tankar. Låta
verkligheten pausa en stund. Läsa så intensivt så
att hon tappade andan och måste resa sig ibland
för att inte försvinna helt mellan bokryggarna.
Hon älskade att hålla boken i sin hand, bläddra
fram och tillbaka som hon ville. Skumma någon
långtråkig passage. Långsamt och njutningsfullt
tugga i sig andra passager som fick hjärtat att le
eller våndas. Tjuvkika lite på sidorna längre fram
för att veta att allt skulle gå bra. Då kunde hon
lugnt gå tillbaka till berättelsen och fortsätta.

Slutet var dyrbarast. För att inte slarva förbi det höll hon alltid över raderna så att hon bara kunde läsa en rad i taget till bokens allra sista ord. Sedan satt hon alltid stilla en stund och tog ett tyst farväl innan hon slog ihop den och lät berättelsen sjunka in. Ljudböcker och digitala böcker fungerade inte för hennes sätt att läsa. Under lång tid hade inte heller hennes hjärna fungerat för läsning. Bara tanken på att koncentrera sig på en bok var omöjlig, så hon försökte inte ens. Det var en av hennes sorger, en av alla de saker hon mist när hon slutade fungera. Men nu, denna högtidliga soliga dag, lade hon sig på sin slitna gamla filt och begav sig till Botswana utan att resa en enda meter.

Plötsligt ringde mobiltelefonen. När hon såg vem det var skrek hon till, svor högt och kastade bort telefonen. Där fick den ligga i gräset och pipa uppfodrande medan hon kröp ihop i fosterställning med hjärtklappning. Hon var verkligen inte den som skrek, svor och kastade saker. Reaktionen gjorde henne uppriktigt förvånad. Samtidigt var det skönt att inte uppföra sig, inte hålla ihop alls, bara låta sig gå sönder utanpå, i stället för tyst och stilla inuti.

35

Maria började gå morgonpromenader i
försommaren. Först gick hon med barnet till
skolan och sedan fortsatte hon gå. Hon gick
långsamt och uppmärksamt. Aldrig hade hon hört
all denna fågelsång som maj bjuder på. Fåglarna
sjöng sina egna melodier, lockade och varnade
och fyllde skogsluften med så mycket ljud att den
vibrerade mellan nyutspruckna löv. I hennes
trötta öron blev det musik och ett minne som för
alltid var stort och starkt. På en av promenaderna
vågade hon sig för första gången över till ön i ån
som rann genom byn. Hon hade aldrig förstått hur
man tog sig dit, men det hade känts som om det
var allmänbildning så hon hade inte vågat fråga
någon om vägen. Nu letade hon sig ner för en
liten grusväg i riktning mot ån. Klockan var bara
åtta på morgonen, men det var redan varmt.
Vägen slutade vid vattnet och där tog stora stenar
vid. Ån var mycket grund här och det var inte mer
än några meter till ön. Resolut klev hon över till
andra sidan. Ön, som kallades holme, var brant
och snårig, men det fanns stigar. Hon följde en
och kom till en fårhage med färist och stängsel,
men inga får. Hjärtat slog hårt och hon var orolig
och rädd. En liten holme var för henne en okänd
och obehaglig öde ö. Det spelade ingen roll att

den låg inne i byn. Samtidigt fanns en yrvaken längtan efter att upptäcka, den var svag och tystlåten, men den fanns. Hon gick runt på nya stigar, tänkte att hon skulle gå runt ön. Där fanns fina öppna platser, nerfallna träd, murar och stenar. På andra sidan ön stupade klipporna oroväckande ner i en mycket bredare och stridare ström med brunt vatten. I ett träd hängde ett rep för den som ville svinga sig ut. Det ville hon inte. Matt av upptäcktsfärden vände hon, tog samma stigar tillbaka, hoppade snabbt över vadstenarna och kom tryggt till fastlandet igen.

*

Studenten kom och gick. På något vis ordnades kalas och presenter. Gästerna fladdrade oroligt omkring henne. Orkade hon? Behövde hon hjälp? Ännu var hon alldeles för sjuk för att förstå. Klart att hon orkade, inga problem! Hon var ju bara lite utbränd. Förresten hade det nästan gått över, hon mådde mycket bättre nu. Att be om hjälp var inte för henne. Hon var den som hjälpte, inte tvärtom. Hon ville inte vara till besvär, inte kräva något. Men hon levde gärna upp till andras krav, både de verkliga och de inbillade. Hon blev till och med förnärmad och skakade trotsigt på huvudet, kände sig påhoppad. Hon var inte svag och hjälplös. Varför måste de lägga sig i? Deras omsorg skavde. Det skulle krävas mycket styrka innan hon vågade be om hjälp för att hon inte orkade.

36

De köpte en båt den sommaren. En liten svart
plastbåt som tog dem ut på den stora sjön. Därute
var luften stor. Maria blev rädd redan när de
lämnade hamnen. Det var så långt till land,
samtidigt så ljuvligt med doften av sjö, fartvinden
i ansiktet, solens glitter i vågskummet. Solbrända
människor vinkade åt varandra från sina
farkoster. Loja segelbåtar, stora passagerarbåtar,
tuffande motorbåtar och vrålande snabba
skapelser med svallvågorna sprutande efter sig.
Hela livet var semester. Den lilla svarta båten
svängde in i sundet mellan två öar. Hon spanade
oroligt efter farleden. Visst höll de sig till den?
Åkte de inte lite för nära den mötande båten?
Efter öarna fanns en glipa där innanhavet bredde
ut sig. Vid horisonten svävade fartyg som
hägringar ovanför vattenytan. Det gick inte att
riktigt veta var vattnet slutade och himlen tog vid.
En blå oändlighet som tog andan ur henne. De
närmade sig den utvalda badviken, men allt hon
såg var klippor och grund som hotade. Viken var
mycket långgrund. De kastade ankare och
hoppade i. Vattnet var overkligt varmt efter alla
tropiska nätter och ständig pålandsvind. Nästa
gång de for dit hade vinden vänt och fört med sig
svalt vatten från den stora sjöns djup. Men idag,

den första gången, låg de som strandade sälar i
det varma vattnet och väntade på svalkan som
aldrig kom. Till slut kravlade de sig tillbaka upp i
båten igen. De valde en smal passage hem. En
trolsk färd genom vassen. Stora trollsländor
hovrade framför ansiktet. Näckrosor bredde ut
sina gröna blad och gula blommor över
vattenytan. Maria kände hur vassen kröp närmare,
hotade att kväva henne. Allt hon såg var nästa
krök och bortom den ingen utgång. Det var så
smalt att det inte gick att vända och så grunt att
man var tvungen att köra mycket långsamt. Hon
ville bara snabbt därifrån. Ångesten susade i
öronen och paniken hotade att bryta ut vilken
sekund som helst. Hon var fångad i en trång
labyrint av hög vass. Den kändes oändlig och
utan utväg. Till slut for de in under en låg bro och
sedan öppnade sig äntligen sjön framför dem och
hon kunde andas igen.

*

Innan utflykterna försökte Maria packa. Det som
behövdes för en stund på stranden var enormt
komplicerat. Efter två handdukar och en bikini
var hon helt slut. Det var alldeles för mycket att
planera och komma ihåg. Solskydd, vatten, en
påse bullar, en badring. Sådant där som hon hade
slängt ihop utan att lägga märke till det förr. Nu
kändes det lika ansträngande som att packa inför

en polarexpedition. Varje gång glömde hon något viktigt så att man fick solsting eller var tvungen att bada naken.

37

Nästan hela livet hade de följts åt. Han fångades
av Marias leende i ett ögonblick en sommarkväll
och sedan hade han stannat där. Hon lyste upp
hans värld då, nu och alla hans dagar. När leendet
slocknade i hennes ögon blev han mycket orolig,
försökte förstå. Försökte få henne att förstå, men
hon var så svår att nå under alla lager. Hon grät
och lutade sig mot hans närvaro. Hos honom var
hon alla sina åldrar. Den unga flickan med
leendet, den unga kvinnan som vinglade ut i livet,
mamman, vännen och den mogna kvinnan.
Allvarlig och barnslig. Arg och förtvivlad.
Tacksam och glad. De blev vuxna tillsammans
och de fortsatte att växa. Samtalet pågick och de
lyssnade noga. De var varsin, men de andades
varandra i den dans som är livet. Den som var
svag bar den som var stark. Så tog de sig framåt
och igenom stormarna och dimmorna, regnvädren
och torkan. Så vilade de i varandras närvaro.

Deras tystnad är mjuk och vänlig, en plats att låta
tankarna vila på. Deras samtal pågår ändå. Om
man möts som mycket ung kan man omöjligt
önska att den älskade alltid ska vara den samma.
Om man vill leva tillsammans önskar man att den
älskade ska växa. Man önskar att man ska få
vandra bredvid varandra på den där stigen som är

snabba nedförsbackar, oändliga raksträckor och utmattande uppförsbackar. Som är lervälling och ishalka och ångande asfalt med doften av sommarregn. Inte vet man vad som väntar bakom nästa krök, men med tiden lär man sig att möta det oväntade.

*

Maria försöker möta det oväntade med vila, men det var så länge sedan hon hade ro att hon har glömt hur man gör. Det är inte vilsamt att gå på festival tre kvällar i rad, även om man åker hem före midnatt eftersom öronen susar av utmattning. Visst kan det vara alldeles underbart med den ljumma sommarkvällen, den fantastiska stämningen, goda vänner och bra musik, men vilsamt är det inte. Än har hon en lång väg att vandra innan hon lär sig stillhet, innan hon hör sig själv.

Än flänger hon omkring bland alla sina måsten. Det är så ofantligt många som behöver upptäckas och avlägsnas. När hon ligger i solstolen ropar maskrosorna retsamt. Gräset växer för fort. Blommorna slokar i hettan. Affären lockar med ett helt flak billiga jordgubbar som hon inte alls orkar rensa och frysa in. Vänner kommer på besök. Hon försöker förklara hur hon mår, men eftersom hon inte själv förstår så hittar hon inte orden. De fikar och pratar, promenerar och pratar.

Slår sig ner i en hammock vid vattnet och pratar. Hon känner hur hjärnan försöker stänga av och säga ifrån, men hon sitter där stum. Till slut far vännerna hem och hon låter sig rasa ihop.

38

Sommaren är full av påhittade måsten. Sådant
som krävs för att det ska bli sommar på riktigt.
En alldeles för het dag tvingar Maria med sina
motvilliga barn till ett sommarcafé. Bilen är som
en torrbastu, ratten går nästan inte att hålla i så
varm är den. Barnen klagar de få kilometrarna till
caféet. De drar ner bilrutorna, de har fläkten
riktad rakt i ansiktet med full kyla. Det blir nästan
uthärdligt precis innan de svänger upp på den
snustorra dammiga grusparkeringen. Svettiga och
törstiga går de in och beställer glass och dricka.
Försöker hitta en plats i skuggan. Glassen rinner
och lockar till sig getingar. Den yngste är rädd för
getingar och börjar skrika och vifta. Han vill bara
åka hem igen. Den irriterade mamman snäser åt
honom att det minsann inte är farligt med
getingar och att det är jättemysigt här. Nu ska de
spela minigolf bestämmer hon. Det måste man
också göra med sina barn när det är sommar. Den
yngste knorrar. Den andre suckar uppgivet, men
försöker vara sin mamma till lags. Det är kö vid
banorna, de har bråttom och går före. Den lille
fuskar, storebror blir sur, mamman försöker reda
ut syskonbråket. När de till sist når sista hålet och
lämnar in klubborna är alla lättade och

genomsvettiga. Ett måste på sommarlistan avklarat.

Bor man vid en stor sjö så finns det alldeles för många stränder man måste besöka om sommaren bjuder på evigt badväder. Barn måste fylla sommaren med bad och sand mellan tårna. En mamma som inte ser till att de får det är en riktigt dålig mor. Så Maria packade badväskor, fast hon avskydde att packa. Hon åkte till stränder fulla av folk, fast hon avskydde folksamlingar. På stranden satt den yngste och surade, i vattnet stod mamman och surade för att barnet inte ville bada, nu när de hade åkt hit. De skrek på varandra och hon kom med förmaningar och hot. Tvingade honom att åtminstone doppa tårna. Ilsket provade han och hävdade bestämt att det var iskallt. Mamman gav sig muttrande ut i den långgrunda viken, såg sig oroligt om för att se så att den lille pojken, som bara var en prick på stranden nu, satt kvar. Hon måste nämligen simma, annars var det ingen riktig badutflykt. Vattnet var ljummet och svalkade inte humöret. Efteråt var det omöjligt att byta om diskret på en proppfull badstrand. Hon stressade och krånglade sig ur de blöta badkläderna och hoppades att hon inte skulle visa sig naken för hela folkhavet. Sanden letade sig in överallt och knastrade i sandalerna när de gick tillbaka till bilen. När de kom hem igen hängde hon upp handdukar och badkläder på tork, så att grannarna skulle se att här bodde en barnfamilj som åkte på badutflykter. Minsann.

39

Han höll så varsamt om Maria, kysste hennes
böjda värkande nacke och undrade var hans
solstråle försvunnit. Hon var i solförmörkelse.
Han hade utrustat sig med allt det tålamod som en
solförmörkelse kräver. När hon rusade förbi
stannade han henne, såg henne i ögonen och
frågade hur hon mådde. Ett undvikande "bra" var
inget svar. Hon försökte ge ärliga svar, men orden
slingrade sig. De var så vana att gömma sig under
alla vita lögner att de hade blivit nästan omöjliga
att uttala. De fastnade i halsen, tungan vred sig
och ut kom något som i alla fall var i närheten av
sanningen. Hon behövde lära sig ett nytt språk.
Ett språk som innehöll orden nej och inte. Trots
att hon talade flera språk var det den mest
avancerade språkkurs hon någonsin gått. Själen
hade stelnat i granit och vägrade släppa ifrån sig
sina hemligheter. De var inneslutna i skam och
rädslan över att gå sönder. Men vårregn kan slipa
ner berg och sprickor är inte farligt. Den som är
utan sprickor har knappast levt.

Vad skulle hon säga nej till? Nästan allting. Vad
skulle hon säga ja till? Vad ville hon? Nästan
ingenting. Jo, att sova, att vila, att sitta och glo.
En bra dag innehöll tolv till fjorton timmars
sömn. Hon somnade där hon befann sig. I sin

säng, i någon annans säng, på mjuka soffor, på hårda soffor. På en filt i gräset, i en solstol, på stranden. Överallt kom den välsignade sömnen och lät henne vila. Sköljde hennes utmattande hjärna med sina svepande vågor. Sopade bort allt som den lagrat och inte orkat bära. Lät den läka. För skadad var den, men hjärnan är plastisk. Den skulle alltid ha en ökad känslighet mot stress, men känslan av tankar som flöt trögt som sirap skulle försvinna. Det visste hon inte där hon sov, men hennes kropp och själ hade för länge sedan förstått vad som krävdes. Nu skulle de kräva det. När hon sovit gick hon ut i trädgården och lade sig på solstolen och bara glodde. Precis lagom mycket intryck tog sig in i medvetandet. En hackspetts rytmiska hackande hördes. Två ekorrar jagade varandra med halsbrytande hopp högt uppe i de väldiga ekarna. Än försvann de, än dök det upp en brun svans bakom stammen, en gren svajade till när en av dem hoppade från den ena trädkronan till den andra. Katten på marken tittade intresserat på. Ett blåmespar flög i skytteltrafik till fågelholken där deras ungar pep oavbrutet. En av dem dök upp med en stor trollslända i näbben. Fågelungarna tystnade några sekunder innan pipandet började på nytt. Allt detta registrerade hon, medan hon tänkte på ingenting. Himlen var oändlig och vinden smekte försiktigt hennes solbrända hud. För en liten stund lät hon måstena tystna.

40

Det fanns så många grubblande stunder när Maria försökte förstå hur hon hamnade här. Vad hände? Vilka var alla de små felstegen som ledde hit? Hon vred och vände på sin historia, förstod en del, men inte allt. Något facit hittade hon inte. Efter en liten stund stannade tankarna, vägrade gå vidare. De kunde bara bena ut ett litet steg i taget. Till slut en dag kommer hon att bestämma sig för att se framåt, men just nu behövde hon vara i andetag för andetag. Sakta svävade hon genom luften för att landa längst nere i sig själv. Väl på botten kunde hon ta avstamp, vända blicken uppåt och sträva mot ytan.

Hon mindes nätter när hon inte somnade alls. När mörkret skrattade åt henne och svetten rann medan hjärnan fylldes av tankar. Jobbet, jobbet, jobbet. När hon närmade sig sömnens mjuka vila spratt kroppen till och vägrade ge henne ro. I natten hördes alla ljud på högsta volym. Hon vände och vred. Tittade på klockan som skrattande tickade framåt timme efter timme mot den obönhörliga morgonen när alarmet pep och en ny dag krävde hennes närvaro. En förnuftig människa hade stannat hemma från jobbet och lämnat bort barnen och sovit en sådan dag. En duktig flicka med plikten, kontrollen och ansvaret för allt och alla steg upp och klädde på sig och lät nästa dag gripa tag i henne medan förnuftet skakade uppgivet på huvudet och försvann.

41

Ofta svajade världen. Hon kunde bli så yr att hon nästan ramlade omkull. Det kom snabbt, som om någon drog undan mattan under henne. Ibland satt hon, då kunde hon hålla sig fast i stolen i smyg. Ibland kunde hon till och med ligga ner och bli så yr så att hon nästan föll ur sängen. Ibland kom sjögången när hon gick eller stod på jobbet eller kanske i en affär. Då tittade hon sig alltid oroligt omkring för att försäkra sig om att ingen hade sett henne när hon vinglade till. Aldrig blotta strupen, aldrig visa sig svag. Hon var ju den som tog hand om, den fasta klippan i andra människors stormar. Inte kunde hon blåsa omkull.

Till slut, flera år senare, såg hon sig själv i spegeln och sa:

"Dig ska jag ta hand om."

Hon som var en vandrade serviceinrättning med dygnet-runt-jour. Hon som sov med en mammaantenn påslagen, alltid redo att trösta onda magar och mardrömmar. Hon som vandrade till den som behövde henne om natten och aldrig riktigt visste vems säng hon för tillfället somnat i. På dagarna var hon en åttaarmad bläckfisk med minst fem saker på gång samtidigt. Fort och effektivt, så att ingen skulle hinna bli för hungrig eller för ledsen eller för uttråkad. Mantrat i spegeln var till för alla i hennes närhet, aldrig till för henne. Inte då. Hon läste av sin omgivning, såg minsta nyans och agerade nästan innan den andre själv känt efter vad den tyckte och tänkte. En social kameleont som anpassade sig efter varje tillfälle och människa. Hon kunde handskas med nästan vem som helst. De krångliga och kantiga var hennes favoriter, de var intressanta utmaningar. Hon drogs till dem som en mal till ljuset. Ibland låste hon upp dem, kom åt deras sårbarhet och lät den finnas, tills det uppstod förtroende. Lika ofta var det människor som utnyttjade och körde över. De hade ångvältssjälar och tunnelseende. Somliga var svarta stjärnor som sög all kraft ur dem som kom i deras väg. Om man var snäll och närsynt kunde man lätt missta dem för fjärran stjärnor som ännu lyste. Men det var inte stjärnglans, det var en lögn och ett ondskefullt trick. De sög åt sig människor med en gravitation som plattade till dem till oigenkännlighet. Offren satt ohjälpligt fast tills de med utomjordisk kraft bände sig loss och stapplande försökte hitta hem. Kartan hade de tappat, men i den oändliga rymden blinkade deras egen stjärna taktfast långt borta. De använde sin allra sista droppe ork till att ta sig dit där luften är tillåtande och full av syre. Där väggarna är skyddande och golvet fast under deras fötter. En plats att kunna stå stadigt på. En plats att vara hemma på.

42

Juli blev så olidligt varm att familjen fick flytta
ner i det svalaste rummet i källaren för att kunna
få en blund i ögonen. Rummet var ouppvärmt och
iskallt på vintrarna. Perfekt för vinterförvaring av
pelargoner. Nu var det behagliga tjugo grader till
skillnad från sovrummet där värmen aldrig sjönk
till under trettio grader även om alla fönster stod
på vid gavel hela natten. Kanske kunde man
slumra till i de svettiga lakanen framåt
småtimmarna strax innan koltrasten bröt nattens
tystnad med sin första ensamma drill. I källaren
bäddade de ner sig i det ovana rummet. Det
kändes som en ny plats, som om de var på
semester i sitt eget hus. Nästan lite uppspelta gick
de till sängs. Mitt i natten vaknade de av att
någon ryckte i handtaget på källardörren. De satte
sig skrämda upp och lyssnade. De hörde hastiga
steg i trädgården och sedan ryckte någon i nästa
dörr. Främlingen försvann i julinattens skyddande
mörker. Hur de än spanade kunde de inte se
någon. Uppskrämda försökte de somna om.
Källarens svalka kändes med ens frusen. Vem
smög omkring i skydd av mörkret? Hoppades de
att dörrarna skulle vara olåsta? Skulle de ha gått
in även om familjen var hemma? När rädslan

smyger om natten behöver man trygga dörrar till sitt rum.

*

De for med sin husvagn till en närliggande camping för en natts husvagnsliv. Det blev natt. Husvagnens papperstunna dörrar var låsta. Maria visste inte riktigt hur låset fungerade. Kontrollerade, låste upp, öppnade, testade igen. Såg sig om efter någon nödutgång, om dörren skulle förbli låst. Kanske kunde man ta sig ut genom ett fönster? Nej, det fungerade bara om man var fem centimeter bred. Hade hon kommit ihåg allt? Diskmedel, kökshandduk, plåster och alla tusen små saker som var absolut nödvändiga. Utanför prasslade campingens nattljud. Några sena servicehusgäster gick förbi. Måtte inte alla somna! Hon var tryggare om någon var vaken. Den djupa viken hade bjudit på en bedårande solnedgång med tacksam blank sjö. En bild att bevara. Hon försökte andas sig lugn. Önskade att demonerna gick att tämja, men de sprang bara vilt omkring och stökade till. Viskade i hennes öra att sömnen var farlig. Ropade i hennes drömmar att hon måste vakna och stirra ut i den alldeles för mörka husvagnen. En gång hade hon trott att ett hem på hjul skulle vara något att fylla med sina egna trygga saker. Några slitna handdukar, lite välbekant tvål, vikta klädhögar i garderoben.

Snälla böcker och korsord som hon löste
krampaktigt, för då var tankarna så upptagna att
demonerna tystnade en stund. Det var nog någon
sorts semester. Men campingen var så full av
folk, hundar och cyklar. Alla bodde så tätt,
trängdes i affären och vid duscharna. Alla andra
såg så glada ut. Avslappnade och nöjda satt de
där med sin svala rosé och sina glödande grillar
medan brunbrända barn lekte runt dem. Det var
ett vykort hon inte passade in i. Hon längtade
hem till sin trygga tystnad.

43

Aldrig visade Maria världen stormen som ven inombords. Utanpå var det kav lugnt. För stormar, det hade hon fått lära sig, var pinsamt. I denna världens ekorrhjul gällde det att rusa så fort som möjligt i de rätta kläderna med de rätta skorna. Utbildningen skulle vara lång, yrket skulle ha hög status. Fritiden skulle vara intressant med det rätta innehållet. Kroppen skulle vara vältrimmad och själen skulle vara i prima form. Svaghet och lathet godkändes icke. Hon sprang runt, runt och längtade efter att benen skulle bli så svaga att de gav vika och det blev legitimt att bara lägga sig platt och lata sig. Hon föddes med en gammal själ som alltid längtade ut i skogen och bort från stadens trendiga krogliv. I största hemlighet hade hon alltid haft en dragning till blåbärsskogar och surdegar. Hon hade smugit bland hallonbuskar i närmsta skog och låtsats att hon egentligen var ute på en löptur om någon såg henne. Det var på den tiden när ingen människa under sextiofem plockade bär och kokade sylt. Men allt går i cirklar, en vacker dag var bärplockning inget att skämmas över och det trendigaste man kunde göra var att lägga in sina surdegar på hotell. Men då kände hon sig som en gammal surdeg själv som behövde läggas in på hotell på obestämd tid.

*

Själens smärta satte sig i höfterna. Läkaren skrev ut mediciner mot inflammation och värk. Två veckor gled hon runt smidig och nöjd utan värk. Hon lade sig under röntgenapparaten och tog bilder ända in på skelettet. Kände sig som en hundraåring och funderade på hur hon skulle pimpa sin rullator. Bilderna visade en liten påväxt, men rullatorinköpet kunde skjutas på framtiden. Haltande och muttrande fortsatte hon snurra i ekorrhjulets eviga dans. Hennes kropp gav henne tusen pusselbitar, ledtrådar som hon inte kunde tyda trots att mönstret var barnsligt enkelt. Ingen läkare såg det heller. Hon sökte hjälp för en åkomma här, en åkomma där och fick behandling för den. Kroppen och själen försökte enträget få henne att förstå, hittade hela tiden på nya sätt att ropa ut sin frustration. Ingen av läkarna såg att hennes journal var ett skolexempel på stressrelaterad ohälsa. När hon orkade gjorde hon stresstester på internet som alla fick högsta poäng. Ändå tänkte hon att hon inte hade något att klaga på, det fanns så många andra som var sjuka på riktigt. Hon gick bara runt och inbillade sig. I största hemlighet önskade hon att hon skulle drabbas av något som var allvarligt på riktigt så att hon kunde få bli sjuk på riktigt. Inlagd och ompysslad. Men hjärtat fortsatte slå i jämn takt och att håret föll av och tunnades ut var inte farligt. Ingen gång begrundade hon det faktum att djur; valar, grisar eller hönor i bur, inte får utsättas för stress. Det är ett mycket allvarligt tillstånd som de kan dö av. Men det gällde inte mammor och lärare, de hade inte tid med sådant.

44

Människor ville hälsa på. Maria önskade tyst, så
att hon inte hörde, att ingen skulle komma. Att
telefonen skulle vara tyst och dörren oknackad.
Allt detta prat och samspel som läkarna sa var så
nyttigt för en ledsen mamma. Träffa vänner, sa
de. Prata, skratta och drick vin! Så hon öppnade
sin dörr och släppte in vännerna. Skrattade, drack
det där vinet och pratade tills öronen vissnade,
orden tog slut och hjärnan sov i vaket tillstånd.
Helt utpumpad låg hon och blundade i dagar
efteråt och undrade varför det inte gav henne den
där utlovade kraften. Sanningen var att vänner är
viktigt. Att samvaro är samspel som kräver
närvaro i tanke och känsla. Det är en pingismatch
med snabba bollar. För den som har dålig
kondition tar krafterna fort slut.

Visst undrade de, alla hennes människor, om hon
orkade och hur hon mådde. Det var så många som
ville henne väl. Kanske alla utom hon själv. För
hon visste inte hur hon mådde eller om hon
orkade. Därför hävdade hon bestämt att det var
lite jobbigt, men visst orkade hon. Inga problem.
Munnen hade inte lärt sig att tala hjärtats språk.
Kroppen lyssnade hon inte på. Vi är

sammanflätade, kropp och själ och tanke. Men vi
ser en pusselbit i taget. Vi visar stela axlar för
sjukgymnasten. Vi ber om migräntabletter av
läkaren. Vi försöker motionera oss till en sund
själ i en sund kropp. Pussellådan har ingen bild på
framsidan. Tusen bitar i en förvirrad hög och vi
förstår inte ens att de går att sammanfoga till en
hel bild.

*

Nervbanor är ett intrikat mönster i hela kroppen.
Hormonerna är inte bara ägglossning och
graviditet. De styr ilska, lycka, sömn och
vakenhet. De styr livet, men vi dansar
tillsammans. Vi är medvetna och undermedvetna.
Vi har frontallob och reptilhjärna. Viljestyrda
muskler och ryggmärgens blixtsnabba beslut.
Maria levde som om allt var åtskilt och viljestyrt.
Andades ytligt under spänd bröstkorg. Låtsades
inte om tröttheten. När hon till slut släppte fram
den var den oändlig. Hon sov och sov. På
nätterna, morgnarna, förmiddagarna och
eftermiddagarna. Vilade och blundade där
emellan. Flera års brist vällde in och tog chansen.
Hon orkade inte stå emot. Längtade alltid efter att
få gå och lägga sig igen. Vaknade manglad och
utmattad, aldrig utsövd. Huvudet som i en burk,
det värkte och kändes bortdomnat. Värktabletter
var hon för länge sedan immun mot. Möjligen tog

de udden av smärtan. Till slut förstod hon hur välsignat trött hon var och lät det vara så.

45

Man ska ta vara på småbarnsåren för de går så
fort, men tiden gick inte fort. Födelsedag efter
födelsedag. Ettåringens första ljus. Hajfiske i den
stora vattenpölen. Febernätternas oändliga
vandringar med otröstligt litet barn. Dagisbarnets
utflykter till Mulleberget. Förskolans lekfullhet
och skolans allvar. Läxläsning och skoldisco.
Livet som taxichaufför åt barn som hade
kompisar i skogen, vid åkrar, i staden. Någon vill
konfirmeras, någon vill inte. Högstadiet,
pubertetens aprilväder. Smällande i dörrar,
svordomar, tårar och skrik. Betyg och
framtidsdrömmar. Studenten som balanserar på
gränsen till vuxenvärlden. Tisdagsmorgnar som
rusade förbi medan frukostfilen spilldes och
bilrutor skrapades fria från frost. Evighetslånga
arbetsdagar när Maria bara längtade hem. Inte
hade barnen växt upp för fort, även om vemodet
grep tag i henne ibland. Även om tröttheten hade
fördunklat fanns det skärpa i minnena.

*

Under utmattningen hade nyfikenheten slocknat.
Lusten att upptäcka och utforska sov djupt.
Glädjens gapskratt var ett trött leende. Ett svagt
minne sa henne att hon en gång känt livsglädjen

sprudla, men hon var inte säker på om hon mindes rätt. Det var så lite hon mindes. Inget nytt fastnade, hur långsamt och tydligt det än förklarades. Det gamla hade fastnat i en dimma. Ibland kom Maria ihåg namn och ord, men ofta fick hon leta förgäves. Människor som hon känt i flera år blev plötsligt namnlösa. Det kändes oförskämt och hon skämdes och försökte dölja det. Ord byttes ut innan hon uttalade dem. Det blev obegripligt och komiskt. Hon försökte skratta, men mest av allt blev hon rädd och övertygad om att hon blivit senil eller drabbats av en allvarlig sjukdom. Utanpå syntes nästan ingenting. Den uppmärksamme kunde lägga märke till att något hade slocknat i hennes ögon eller att nacken böjdes mer och mer. Kanske såg man att hårfästet tunnades ut och att bekymmersrynkan i pannan djupnade. Men ingen såg när hon låg alldeles stilla i mörkret för att inte sprängas av migrän. Ingen visste att hon grät tyst i kudden ibland utan att riktigt veta varför. Ingen hörde hur högt det susade i hennes öron när hon skulle sova. Utåt for hon till jobbet, handlade, hämtade barn och träffade vänner. Men allt det som syntes var en yta av korta händelser. De långa helgerna när vårsolen sken och människorna gick ut för att öppna sina kronblad, då var hon inte med. Efteråt, på söndag kväll, läste hon om det på alla sociala medier som hetsade henne med sin lycka och kraft. Hon var fortfarande en planta under jord, rötterna gick djupt, men hon behövde mer näring, värme och ljus innan hon var redo att skjuta upp över jordytan. Där hon låg i vinterdvala kunde hon höra vårens glada röster sippra ner i hennes trygga mörker. Då höll hon hårt för öronen. Det gjorde så ont att jämföra sig. Det fick henne att känna sig så ynklig och misslyckad där nere i mullen. Då viskade rosornas rötter tröstande att hennes tid kommer sedan. Rosorna som visste att de skulle blomma när tiden var inne. Rosornas tid kommer för den som väntar.

46

I en framtid där insikten om sjukdomen börjat
sjunka in, frågade Maria psykologen det hon
alltid undrat. Frågan hon vridit på under sömnlösa
nätter och skräckslagna stunder. Varför just hon?
Psykologen svarade att det helt enkelt var så att
somliga föddes med känsligare nervsystem. Att
det var ärftligt. Tantgenerna flöt genom hennes
historia som ett nervöst fladdrande spöke. Det
fanns piller som tystade det tillfälligt. Medicin
som lugnade det länge. Som gjorde den tunna
ömma huden lite tjockare. Som skavde bort de
vassaste kanterna i livet så att det inte gjorde
riktigt lika ont att leva. Huden kunde få
blåmärken, men inte skavsår. Själen kunde få sin
välbehövliga vila och lägga ner sitt trubbiga svärd
som ändå inte bet på anfallande drakar. Som
prinsessan på ärten vilade själen på tusen bolster
och kände inte längre den lilla skavande ärtan
längst ner.

47

Hösten kom utan förvarning. En morgon hade
vädret glömt gassande sol och värmeslag. Marken
låg hård och gul som ett minne medan höstregnet
sköljde över den och spolade bort det heta
dammet. Det doftade bara blött och grått och trist.
Snål vind tvingade på solbrända ben långbyxor
och strumpor. Tårna vickade förvånat i instängda
skor. Paraplyer fälldes upp och gömde himlen.
Det blev den längsta hösten av dem alla. Timme
efter timme i grå betong, vissnade löv och gyttja.
Leriga pölar och tröstlösa krympande dagar.
Morgnar när ingen ville gå upp. Dagar som aldrig
ville ta slut. Kvällar som slukade dagen. Nätter
som vred sig i mörkret.

Det skulle komma en ljus maj när skymningen
kysser gryningen i en lång djupblå omfamning.
När den är som mörkast, nästan mörkgrå och
ganska mycket natt. Då ska starens sång bryta
tystnaden. För staren väcker gryningsljuset och
det blir en ny dag.

Gråa dagar, mörkare och kallare. Maria vadade
fram genom tunga moln. Timme efter timme
släpade sig fram. Steg för steg till en annan
framtid, till ett liv som var möjligt. Mörkret
sänkte sig och marken frös. Snötyngda moln gled

in och lät sina vita flingor bädda in världen. Hon
var ett långsamt sedan. En liten fladdrande fyr
långt borta. Den blinkade taktfast och troget som
hjärtslag. Vägen fram var mycket lång. I själva
verket hade den inget slut. Resten av stigen var
okänd. Hon skulle lära sig en ny sång med tusen
verser och ord svåra att uttala.

Hon skulle slänga silvertejpen som höll ihop
själen och sätta sin sargade hjärna i balans.
Somliga kallar det lyckopiller. De vet inte hur
mycket själen kan frysa. Så isande kallt att den
med nöd och näppe är vid liv. De vet inte att det
som kallas lycka är en varm jacka som skyddar
mot snöstorm. Det är inte lyckopiller, det är
överlevnadspiller.

Vintern tinade, själen slutade frysa. En dag
kanske hon kan gå utan jacka. För hon ser vårens
färger nu, känner dofterna, hör livet vakna.
Duvan kuttrar för henne. Humlorna surrar av
blomsterglädje. Vårsolen värmer. Tusen
ögonblick av lärdom. Små minnen och
påminnelser. Det var så här det kändes. Då, förut,
när livet var en avlägsen film i sepia. Det är så
här det känns att våga spela huvudrollen i sin
egen färgstarka film.

48

En sommardag när hon gick på den vanliga stigen
i den vanliga skogen hade Maria glömt sin
mobiltelefon. Förr en omöjlighet som hade fått
hjärtat att rusa och benen att springa hem igen.
Utan livlina var hon försvarslös. Men den här
sommardagen upptäckte hon inte ens att hon hade
glömt mobilen förrän hon kom hem igen. Hon
ropade högt av lycka när hon insåg vad hon gjort.
Någonting mycket farligt hade inte krävt något
mod. Det hade slutat skrämmas.

Ljudet av ytterdörren som stängdes och lämnade
henne ensam hemma förändrades. Det lät inte
längre som en olycksbådande smäll i magen, det
var ett ljud som betydde att hon skulle få umgås
med sig själv en stund i kravlös stillhet. Eller
högljudd sång, det valde hon själv.

*

Vid sjön vajade vasstråna, björnbären lovade att
mogna. Maria var bara där. Inte på väg hem. Inte
oroligt tittande på mobilen. Inte otåligt väntande
på sitt sällskap. Hon behövde inte mota bort
ångest. Hjärtat slog lugnt. När hon jämförde detta
ögonblick och andra såg hon sin ömma hud, hur
plågad hon varit. Hur normalt det plågsamma
hade varit. Då hade hon inte ens lagt märke till

det. Nu gick hon långsamt längs sjön och kände sig alldeles vanlig. För länge sedan hade hon vandrat runt i livet med alldeles vanliga steg och nu kände hon igen dem. Förstod hur ont hon hade haft. Kände hur hon läkte.

En hel sommar talade Maria med psykologen. De talade om hur man gör när man lever utan att gå sönder. Om vikten av vila och paus. De talade om nöjen, att ett friskt liv måste vara roligt ibland. De talade om kroppen som behöver sin rörelse och sina endorfiner. De talade om vänskap. Psykologen hävdade bestämt att detta alltid skulle komma först, aldrig prioriteras bort. Den duktiga flickan försökte förstå. För att leva behövde hon ha roligt, vila, motionera, träffa vänner, be om hjälp. Delegera och lita på att hon ensam inte behövde utföra allt. Hon gav sig själv ett prov. En fest på hennes villkor. Hon planerade in vila och paus innan, under och efter. Medan gästerna pratade och diskade gick hon och la sig i ett mörkt och tyst rum och slöt ögonen, lät intrycken silas och falla till ro. Ingen krävde att hon skulle vara ständigt närvarande. Festen pågick där utanför hennes tysta rum. Gästerna skrattade där. De trivdes utan hennes ständiga hjälp och närvaro. När hon öppnade sin dörr igen mådde alla fortfarande bra. Maria också.

Hon hade bjudit in sina viktiga människor, så många hon orkade träffa. Sådana som gav henne trygghet. Hon hade köpt en knallrosa festklänning som hon bar med glädje. Det blev den bästa av dagar med allt det som fyllde henne med kärlek och glädje.

49

I verktygslådan fanns andetaget, de slutna
ögonen, förmågan att vara i kroppen. Låta den
vara spänd, ha ont, vara trött. Acceptansens
lindrande gåva. Den som låter mörker och smärta
finnas, utan att döma. Kanske inte ens bli rädd. I
verktygslådan låg också de två viktigaste orden.
Där låg ett ja och ett nej. Ja till sig själv, nej till
det som förstör. Hundra gånger varje dag måste
hon stanna och fråga sig om hon skulle säga ja
eller nej. Ingen gång kom svaret med självklarhet.
Kanske blir det lätt att säga någon gång. Kanske
aldrig.

*

Ibland tänkte Maria att detta var en underlig
sjukdom där man stundom underförstått skulle
skylla sig själv. Man borde inte ha stressat så
mycket, man borde ha vilat mer, motionerat mer,
mediterat mer, haft roligare. Om man nu inte
hade lärt sig allt detta i tid och hållit sig frisk och
arbetsför så skulle man åtminstone kunna det nu,
efter alla kurser och samtal. Den utmattade
patienten borde lära sig att bli frisk. I stället
trillade den utmattade patienten ner i fallgrop
efter fallgrop. Lyssnade med öronen på helspänn
efter sin själ och trodde sig förstå hur hon skulle

leva och orka, men helt utan förvarning kunde ångesten stå och lurpassa, trötheten slå till och huvudvärken fälla omkull henne. Det blev inte ett dugg bättre när någon sa att man faktiskt inte är sjuk hur länge som helst. Eller att alla lever efter devisen jobba, äta och sova. Det är ingenting att klaga över. Det hade motsatt effekt. Fick henne att känna sig ynklig, som en riktigt dålig människa som aldrig lärde sig. Hon blev en deprimerad människa som funderade över varför i all sina dagar hon fanns här på denna jord. För utmattning är inte ett tillstånd som går över om man skärper sig. Det är en livsfarlig sjukdom som bryter ner kroppen och släcker livsgnistan. Den borde alltid behandlas med största allvar. Under ynkligheten morrade hon ilsket. Hon ville inte skärpa sig, hon ville ha vård och hjälp.

Maria lärde sig att vila i känslorna, att stanna hos dem och inte fly i förtvivlan. Hålla dem ömt i sina kupade händer och låta dem finnas, innan hon släppte taget om dem. Hon vågade tänka allt det som var förbjudet. Det som gjort för ont för att tänkas. Hon slog sig ner hos demonerna, bjöd dem på te och lyssnade på dem. Ångest har så mycket att säga. Viktiga ord, men den skriker med så hes röst. Om vi inte lyssnar. Då talar den lugnt, med ord som går att förstå. Demoner är förklädda änglar som vill oss väl.

Ryggen kliade i metamorfos. Där inne i puppan växte hon. Genom sprickorna sipprade solljuset in. Försiktigt reste hon sig och puppan föll. Hon såg sig själv i ögonen och log. Fällde prövande ut sina vingar, tog sats, lyfte och flög.

Förmiddagen silade oväntat skarpt ljus genom grenarna. Luften var lätt att andas. Lobelian blommade envist.

Förlag: BoD – Books on Demand, Stockholm, Sverige
Tryck: BoD – Books on Demand, Norderstedt, Tyskland
ISBN: 978-91-7463-841-7